國家圖書館出版品預行編目資料

漢〈鼓吹鐃歌〉十八曲研究／曾金承 著 — 初版 — 新北市：
花木蘭文化出版社，2011〔民100〕
序 4+ 目 4+164 面：17×24 公分
（古典詩歌研究彙刊 第九輯：第 2 冊）
ISBN 978-986-254-520-1（精裝）
1. 樂府 2. 漢代詩歌 3. 詩評

820.91   100001457

ISBN-978-986-254-520-1

9 789862 545201

古典詩歌研究彙刊
第九輯 第 二 冊   ISBN：978-986-254-520-1

漢〈鼓吹鐃歌〉十八曲研究

作 者 曾金承
主 編 龔鵬程
總 編 輯 杜潔祥
出 版 花木蘭文化出版社
發 行 所 花木蘭文化出版社
發 行 人 高小娟
聯絡地址 台新北市永和區中正路五九五號七樓之三
         電話：02-2923-1455／傳真：02-2923-1452
網 址 http://www.huamulan.tw 信箱 sut81518@ms59.hinet.net
印 刷 普羅文化出版廣告事業
初 版 2011 年 3 月
定 價 第九輯 20 冊（精裝）新台幣 28,000 元

古典詩歌研究彙刊

第九輯

龔鵬程 主編

第 2 冊

漢〈鼓吹鐃歌〉十八曲研究

曾 金 承 著

漢〈鼓吹鐃歌〉十八曲研究

曾金承 著

作者簡介

曾金承，民國六十一年生於彰化縣濱海的芳苑鄉漢寶村。南華大學文學碩士，淡江大學中國文學博士，研究領域為古典詩詞、中西文學理論，近期並致力於台灣文學、文化研究。先後任教於淡江大學中文系、南華大學文學系及嘉義大學中文系等，開授昭明文選、「李杜詩」、「蘇辛詞」、「文學文獻學」、「接受美學專題」等課程。著有《漢〈鼓吹鐃歌〉十八曲研究》、《韓愈詩歌唐宋接受研究》，以及參與周彥文教授主編《中國學術史論》之撰述。

提　　要

漢〈鼓吹鐃歌〉十八曲歷來均以難解著稱，前輩學者在文本的解讀方面下過極深的工夫，但依然並未取得較為一致的看法。本書以漢〈鼓吹鐃歌〉十八曲為中心議題，討論其形成的歷史因素及其影響，並以共時性的相互影響關係，考察其在當時社會音樂環境中的功能與轉化。採取歷史研究的角度，還原其形成的時代環境，由其背景因素重新考察，將〈鐃歌〉的名實關係重新定位，並分析其句解，再考察其具體的影響範圍。

本文共分六章：

第一章「緒論」，說明本文的研究動機、研究範圍，以及研究方法，並敘述全文的論述程序。

第二章「前人的研究成果之分析與檢討」，主要是釐清前人對漢〈鼓吹鐃歌〉十八曲的研究版圖，並分析其得失，一方面可以在前人的基礎上，繼續研究；一方面又可以先了解前人研究的盲點與限制性，並著手加以補正。

第三章「從中國傳統軍樂到『鼓吹鐃歌十八曲』」，主要處理的問題是「先秦軍樂」、「鼓吹」、「鐃歌」、以及「鼓吹鐃歌十八曲」的名實關係。

第四章「〈鐃歌〉十八曲的重新詮釋」，將漢〈鼓吹鐃歌〉十八曲依照其來源、功能主旨分類並重新句解、詮釋。

第五章是將曹魏至中唐的仿作漢〈鼓吹鐃歌〉的現象作歸納整理，試圖由這些仿作的作品中，窺得〈鼓吹鐃歌〉在後世影響力與地位。

第六章為結語。本章總結全文的研究成果，並依據漢〈鼓吹鐃歌〉十八曲的特性，對其在文學史的影響提出看法。

目

次

序

　　選讀中文系，只是出於一個單純的理由：喜歡文學。但是，進了中文系，才驚覺並不是「文學欣賞系」或「文學寫作系」。於是，我迷惘、惶恐了，尤其是讀了文學理論之後，反而陷入其框架之中，原本自認「筆隨意到」的流暢文筆，如同陷入迷宮般的稿紙中。那段時間，常常懷疑自己是否適合讀中文，理論與創作之間是否真的如此不相容？還是我個人的資質與努力不夠呢？經過一段自我的辯證之後，雖不能完全冰釋自己的疑惑，卻也清楚的意識到個人必須要面對一切的訓練，更要重新調整學習的心態，於是，我確立了學術研究的路，並且在中西文學理論方面下功夫。

　　民國八十六年，我將從淡江大學中文系畢業，李正治老師也於同年南下創立南華管理學院（南華大學前身）文學研究所，這是一所以鎔鑄中西文學理論、古典與現代並重的特殊研究所。在李老師的號召與研究發展方向的吸引下，我毫不猶豫的報考，並且順利錄取。當時的師資涵蓋中、西、古、今文學領域的頂尖學者，除了所長李正治老師外，龔鵬程、曹淑娟、馬森、蔡英俊、袁鶴翔、李明濱、曹順慶、周純一、鄭志明、陳信元等老師均為一時之選，無怪乎當時的校長龔鵬程老師在開學前的「文學與美學研習營」中自信滿滿的宣示：「文學所計畫要碩、博士班同時申請！」雖然最後因故未能如願，但他發此豪語卻一點也不狂妄。

　　我在這個偏僻寧靜的校園內悠游於學術的領域之中，來自海內外的師長們將其多年的學思成果展介於課堂之中，同學們個個充滿信心

與衝勁，在課餘組織讀書會，相互問學、詰辯，可謂個人求學生涯中的黃金歲月。那時，全校學生大約五百多人，且地處偏遠的嘉義縣大林鎮，人少地偏，相對的，師生情誼就顯得更為密切，老師們除了傳道、授業、解惑外，還無私的提供同學各種幫助：正治老師的所長室也是我們讀書會的場地，只見李老師愉悅的吞吐煙氣，微笑的看著一群正在激烈討論的同學；信元老師的「大陸文學研究室」藏有豐富的大陸圖書文獻，那是他多年還往返於兩岸間的斬獲，同學們最喜歡在這群書圍繞的空間內讀書，信元老師也提供鑰匙給我們，讓我們隨時都能自由進出、研讀，常常在半夜三更都可以看到所上同學埋首其中，我對大陸文學的興趣也是在這時候養成的；溫柔細心的曹淑娟老師就像是同學的母親般關懷著大家，有些同學經濟狀況較不理想，生活壓力大，她為了讓同學安心讀書，放了幾萬塊錢在系辦，只要缺錢的同學，都可以逕自向助教「領取」，且無需登記。「領取」的同學也都自動登記、歸還，這樣充滿人情味與學術氣息的學習時空環境，至今我依然深感懷念。

在涉獵中西文學與理論之後，我又回歸中國文學的領域，並且回到古老的漢代詩歌，主要原因有二：

大學時的「中國文學史」課程中讀到〈上邪〉時，被詩中濃烈且義無反顧的愛情誓言所震撼、感動，瞬間抹去了兩千多年的時空隔距，我面對的是人類最原始、親近的情感符號，那激烈、義無反顧的女子彷彿就立在我的面前，指天為誓，毫不虛假、毫不羞怯，堅毅的眼神令我神往卻不忍久視。此其一。

碩士班一年級時，選讀曹淑娟老師的「先秦兩漢文學史專題」，當曹老師教授〈孤兒行〉時，語調婉約細膩，娓娓道出孤兒的遭遇，當說到「六月收瓜，將是瓜車。來到還家，瓜車反覆。助我者少，啗瓜者多。願還我蒂，兄與嫂嚴。獨且急歸，當興校計。」曹師的眼中、語調中充滿著悲嘆的真情，透過她細膩的心思與解析，一個衣衫襤褸的瘦弱少年，來不及從眼前的翻覆瓜車回過神，一群「忍能對面為盜

賊」的路人竟欺負這樣一個孤苦的少年的畫面彷彿躍然於紙上，曹老師輕柔的語調轉成少年空洞茫然的眼神，是如此的立體且眞實；介紹〈孔雀東南飛〉時，曹老師以認同的口吻帶我們融入那遙遠的時代，尤其老師時時以「我們的劉蘭芝……」的同情立場將這位有自尊、敢愛敢當的遠古女性細細道來，一切是如此的淒美，如此的眞實，令我對漢代文學充滿想像與嚮往。此乃其二。

　　明白的說，當時會做漢代詩歌的研究，是對其內容的嚮往與感動，而開啓我如此深刻感觸的，就是曹淑娟老師了。很幸運的，曹老師不以我的愚魯見棄，得以入其門牆，受其教誨。當我開始撰寫碩士論文時，淑娟老師已經北返受聘於台大中文系，並持續於南華文學系兼課，這段時間雖忙於南北兩地奔波，但仍抽空細心地審閱我的論文，敏銳地指正其中的盲點，並指引我修改的方向。這種一絲不苟的態度，對原本駑鈍又散漫的我，無疑是一大激勵，所以這一段時間我從曹老師身上得到的，不僅僅是這本論文的完成，更是一種對學術執著態度。

　　十年後，我又返回母校南華大學任教，在研究所開的第一門課就是「先秦兩漢文學專題」，爲的就是難以割捨當年初入文學系的一切美好求學回憶，並期許自己能秉持曹老師的授課精神，引領學生進入最濃烈的學術氛圍。雖然個人的能力與性情遠不及淑娟老師，但我深信：只要願意開始，就有機會。

　　論文完成至今整整十載，在出版前夕回憶過去求學的歷程，盡是滿滿的感激：感激所有扶持我的師長，他們不只傳授我知識，更建立一種爲人師表的人格典範，作爲我追尋的目標。

曾金承 於南華大學 S119 研究室
2010 年歲末

第一章　緒　論

第一節　研究動機與研究範圍

一、研究動機

　　文學的研究是經過漫長的累積，當一種有價值的文學作品完成後，繼之而來的往往是不斷的探究過程，此爲一般文學的作品與研究的常態關係。然而，漢樂府詩中的〈鼓吹鐃歌〉曲卻歷經了一段作品與研究的「空白期」。在漢代，〈鼓吹鐃歌〉的作品數量和內容不明，漢亡而曹魏代起，將這些西漢作品整理、並命名爲〈鼓吹曲〉，此爲這一組作品的正式組成，時間應在西元 227 年以前。〔註1〕沈約撰成《宋書》於齊武帝永明六年，爲西元 488 年，〔註2〕並正式在該書收錄十八首之數，命名曰：「漢〈鼓吹鐃歌〉十八曲」。這當中由組成到沈約收錄、且命名「鐃歌」，共歷經二百六十餘年。這二百餘年中，

〔註1〕　魏〈鼓吹曲〉中有〈太和〉，是歌頌明帝「繼體承統」，登魏天子之詩。魏明帝登基於西元 227 年，所以魏〈鼓吹曲〉之作，應不早於西元 227 年。且魏仿漢曲而作，應先整理漢曲，才有可仿作的對象，所以漢〈鼓吹曲〉應組成於西元 227 年以前。

〔註2〕　《宋書·自序傳》曰：「……（永明）五年春，又被敕撰《宋書》，六年二月畢功。」

—1—

惟見陸機〈鼓吹賦〉略有討論其中數首，但語意並不清楚。沈約的時代，〈鼓吹曲〉已經成為一種相當普遍的創作形式，大致是沿用漢代的曲，或自作新曲，但仍與漢曲有著相當密切的關係。此後，漢〈鼓吹鐃歌〉的研究又經歷了一千多年的沉寂，直到清初，才又有整體性的研究。

漢〈鼓吹鐃歌〉十八曲雖歷經千餘年的研究空窗期，並沒有降低其地位，〔註3〕甚至於有學者認為具有「風雅正聲」、「漢頌」，〔註4〕將之視為漢代的《詩經》，這種既崇高又漠視的矛盾關係，形成其特殊的文學史地位；又，今存漢〈鼓吹鐃歌〉十八曲根據莊述祖、陳沆、王先謙等人的考訂，認為多屬民間作品，〔註5〕沈約又以「漢世街陌謠謳」的「古辭」稱之，〔註6〕但卻又被列入漢初三大貴族樂府之一，〔註7〕此亦為令人費解之處。

基於此，筆者以為漢〈鼓吹鐃歌〉十八曲的流傳與形成過程，必定有值得深入研究的必要。〈鐃歌〉與〈鼓吹〉如何合稱？單稱〈鐃歌〉或〈鼓吹〉能否代表漢〈鼓吹鐃歌〉十八曲？為何名為「貴族」樂府的〈鐃歌〉卻包含許多民間的作品？以及蔡邕所謂「漢樂四品，……其短簫鐃歌，軍樂也」指涉的「短簫鐃歌」是否就是今日所

〔註3〕 所謂「研究空窗期」，是相對於清代的蓬勃、大量研究而言。期間雖有研究著作，但亦呈詩話式、零散的研究、批評為主。

〔註4〕 如鄭樵認為漢〈鼓吹鐃歌〉是「風雅正聲」，朱嘉徵提出「漢雅」說，陳本禮認為其中雜有「頌」。詳見第二章第一節。

〔註5〕 莊述祖《漢鼓吹鐃歌曲句解》云：「〈鼓吹鐃歌〉十七曲，其〈上之回〉、〈上陵〉、〈遠如期〉三曲為宣帝時……餘十四篇非作於一時，雜有淮南齊楚之歌，又皆有所諫譏而作。」；陳沆《詩比興箋》云：「〈聖人出〉、〈上陵〉、〈上之回〉、〈遠如期〉四章，明皆宣帝時事，則此〈鐃歌〉十八曲之首，當為宣帝所作，……餘十三曲，則雜有淮南、齊、楚之謠，諷刺之什，非盡作於朝廷，亦非鐃歌揚德建武，以勸士諷敵之本旨，大抵武帝時采入樂府。」

〔註6〕 沈約《宋書‧樂志》云：「凡樂章古辭，今之存者，並漢世街陌謠謳」。

〔註7〕 蕭滌非《漢魏六朝樂府文學史》曰：「漢貴族樂府可得而敘述者，厥為漢初三大樂章，即〈安室房中歌〉、〈郊祀歌〉與〈鐃歌〉是也。」大陸，人民文學出版社，1986年出版，頁33。

見的十八曲？這些樂章眞的是軍樂嗎？爲何在蔡邕之後提出「短簫鐃歌」之後約二百年，才見到有漢〈鼓吹鐃歌〉的收錄？這一連串的問題，顯示漢〈鼓吹鐃歌〉充滿了矛盾性與複雜性，也因此突顯漢〈鼓吹鐃歌〉十八曲的研究相當缺乏。

　　本文所努力的重點就是要處理這一連串的問題，也只有將這些問題釐清，漢〈鼓吹鐃歌〉十八曲的研究工作才能有繼續深入的空間。

二、研究範圍

　　本文研究的範圍是以漢〈鼓吹鐃歌〉十八曲爲中心，考察漢代的音樂環境與音樂官署的運作情況，以及鼓吹形式在歷史的發展中，與其他詩歌之間的關係與影響。

　　在時代的斷限方面，〈鐃歌〉本爲中國傳統軍樂之名，且蔡邕認爲是以黃帝爲始，所以也將源頭追溯至黃帝的相關記錄，以作爲研究的起點，並藉以考察先秦的中國軍樂施用的情形，往下延伸的考察工作主要是研究曹魏至中唐的漢〈鼓吹鐃歌〉的仿製現象。至於將仿作的範圍僅推至中唐的原因是：因爲中唐以後的鐃歌作品可說已經和古樂府斷絕了血緣關係，羅根澤等學者甚至於認爲樂府亡於中唐，〔註8〕因此筆者將漢樂府的延伸探索也就以中唐爲下限。《唐書‧藝文志》云：

　　　　隋室以來日益淪缺。武太后時，猶有七十六曲，今其辭存
　　　　者……唯四十四曲。

可見漢代所傳的古樂府曲到了唐代，已經所剩不多了，而且呈現持續遞減的狀態。這當中透露出一個訊息：唐人不再對古樂府仿作有興趣，且已被新創樂府所取代。羅根澤《樂府文學史》云：

　　　　唐人所作樂府新詞中，〈鼓吹曲辭〉、〈橫吹曲辭〉、〈相和歌
　　　　辭〉……等等，觸目皆是，其題目多仍漢魏，其形式則與

〔註8〕蔣祖怡《詩歌文學纂要》第三章〈樂府系統〉云：「可惜（中唐）以後樂府不曾合樂，所以一直到清朝雖然還有仿作的人，但其作品與古詩只有題目上的差異，而內容沒有什麼分別了。所以樂府詩的命運，唐代以後，也就此沒落。」正中書局，民國四十二年三月，臺一版，頁70。

漢魏舊曲迥異。胡適之先生亦曰：「唐初的人也偶然試作樂
府歌辭。但他們往往用律詩體作樂府。」則知唐代樂府，
蓋逐漸脫去舊曲羈絆，逐漸近於詩體化，逐漸開放，逐漸
自然。故益能「用活的語言，用新的意境創作樂府新詞」，
在樂府文學中大放異彩。而以逐漸不顧曲譜，逐漸失其與
音樂關係，故中唐以後，樂府遂亡，而祇有詩矣。〔註9〕

　　唐人因爲樂府古曲的散佚，以及新的文學形式的產生，使得古樂
府的仿作止於中唐。「新樂府」的產生雖仍繼承「感於哀樂，緣事而發」
〔註10〕的精神，但畢竟仍與古曲脫節，所以羅根澤乃云「中唐以後，
樂府遂亡」，指的是詩與音樂的關係終止，漢樂府的主要條件消失，繼
之由「新樂府」的精神、「用活的語言，用新的意境創作樂府新詞」。
因此，漢樂府的傳統遂被取代，〈鼓吹鐃歌〉的仿作也探索於此爲限。

第二節　研究方法、論述程序與論題之擬議

一、研究方法

　　本文的研究方法是採取傳統的「歷史研究法」爲主軸，考察漢〈鼓
吹鐃歌〉十八曲的「共時性」（synchronic）與「歷時性」（diachronic）
之影響關係。

　　「歷史研究法」的首要條件爲材料的蒐集，並作出判別、推證：
　　歷史方法中，既將材料搜得之後，其主要任務即在確定事
　　故之事實性，換言之，即知其眞有其事也。事實之確定，
　　其一部份固可直接觀察現象之本身或觀察其遺跡以知之，
　　但一部份則祇能藉證據之力，知其可信而已，尚有其他一
　　部份，則需由觀察作判斷及推論以知之。〔註11〕

〔註 9〕　見羅根澤《樂府文學史》，文史哲出版社，民國七十年三月，三版，
　　　　　頁 198。
〔註10〕《漢書・藝文志》：「自武帝立樂府而采歌謠。於是有代、趙之謳、
　　　　　秦楚之風，皆感於哀樂，緣事而發，亦可以觀風俗、知厚薄云。」
〔註11〕參見《史學方法論》上冊，伯倫漢著、陳韜譯，台灣商務印書館印

此為基本要件，也就是針對單一史料的確定與觀察判斷。接著必須展開探索資料與資料之間的關聯，也就是事實的演化關係：

> 認識事實之間的關連，亦即綜觀。是歷史的事實，既為社會的有目標的動作之事實，則吾人不難如是以認識之，即由演化系列中某一段出發，例如由加爾大帝之登位出發，追求其前後有關之個別事實及其原因，所得之情形，即為掌故式的判斷之形式，因此吾人恆須將個別之事實，與演化之整個間，作其因果的連貫。〔註12〕

所以歷史研究法著重將一個中心議題，置於整個歷史的流動之中，以之為中心，「追求其前後有關之個別事實及其原因」，亦即作為一種歷史演變的考察。

　　本文即根據「歷史研究法」的原則，考察漢〈鼓吹鐃歌〉十八曲的歷史發展脈絡，向上追溯先秦的軍樂系統，藉以歸納中國軍樂的特性，並以此釐清漢〈鼓吹曲〉與軍樂的關係；向下考察後人的研究成果以及曹魏至中唐的仿作現象，藉由後人的研究成果與研究面向，以及仿作的情況，加以確立漢〈鼓吹鐃歌〉十八曲在文學史上的地位與影響力。

　　為了確實掌握整個漢〈鼓吹鐃歌〉十八曲的歷史發展，以免形成單線化，就必須使之成為具有歷時性與共時性交互運作的系統（system）。〔註13〕基本上，歷史研究法偏向於歷時性的研究，必須仰賴共時性的交互關係研究，才能使整個研究系統立體化。所謂的「共時性」，即為在特定的時刻，一定範圍內部各因素之間的關係。共時性／歷時性最早是以二元對立的觀念被索緒爾（Ferdinand de Saussure）提出，因為對共時性特別關注，而忽略其歷時性，所以被

行，頁131～132。

〔註12〕同註11，頁132。

〔註13〕所謂的「系統」，就是相對於孤立的、片段的而言。如交通燈有紅、黃、綠三色，孤立地分析紅燈為甚麼是停車燈號毫無意義，紅燈之所以有意義是由於它處於這個信號系統之中。黃、綠二燈各表自的意義作為背景。整個系統使它獲得意義。詳見趙毅衡《文學符號學》，第2頁。

許多否定歷史主義的學者歡迎，並造成一種強烈的反歷史主義傾向。
〔註14〕

述林達・沃（Linda R・Waugh）說：

> 文化既是共時事實，又是歷時事實，任何共時狀態都有過
> 去變化的遺跡，面對將來的變化也組織在其結構之中，實
> 際上，這種組織進來的變化潛力，並不瓦解共時結構，正
> 是這種品質使語言不同其他系統（尤其是機械系統）。時間
> 軸是系統不可或缺的一部份。〔註15〕

趙毅衡經由此一觀念的啟發，認為共時性與歷時性並非對立的觀
念，他說：

> 共時性與歷時性並不能被視作一對對立的概念，我們只能
> 談歷時中的共時性，每個系統是不斷克服共時性與歷時性
> 的矛盾而形成的，也就是說，系統當是在歷時性轉化為或
> 表現為一系列的共時性過程中形成的。〔註16〕

所以歷時性與共時性的關係是相互依存的，歷時性的時間縱線與每個
時間斷限範圍內的共時性影響面相互交織，形成一種立體的系統架
構。因此，本論文將以歷史研究法為前提，以歷時性與共時性研究作
為架構的補充，對漢〈鼓吹鐃歌〉十八曲展開整體研究。

二、論述程序

本文第一章為緒論，說明本文的研究動機、研究範圍，以及研究
方法，並敘述全文的論述程序。研究動機即源於一系列關於〈鼓吹鐃
歌〉的問題，這些問題主要有涉及到〈鼓吹鐃歌〉的名實關係、以及
流傳資料的可靠性兩大方面。這兩大問題關係到現存漢〈鼓吹鐃歌〉
十八曲的「身世之謎」，當這十八曲的「身世之謎」解開之後，接下來
的研究路向自然就較為清晰且單純。因此，這些問題的提出，也是本

〔註14〕同註13，詳見頁58。
〔註15〕刊載於 Introducing Semiotics,1982,pp.88-89. 趙毅衡《文學符號學》
頁58譯文。
〔註16〕詳見註13，頁58。

論文中心議題的形成，並針對這些議題提出處理的研究方法。而依照
共時性與歷時性的方法架構來處理這些問題的程序，也就是本文的論
述程序。

　　第二章先對前人的研究成果進行分析與檢討，先釐清前人對漢
〈鼓吹鐃歌〉十八曲的研究版圖，並分析其得失，一方面可以在前人
的基礎上，繼續研究，一方面又可以先了解前人研究的盲點與限制
性，〔註17〕並著手加以補正。

　　本章採用「歷時性」的歷史研究法為主軸考察，共分成兩部分：
首先觀察南朝至明代，學者對漢〈鼓吹鐃歌〉十八曲的研究狀況，因
為此時期的相關論述，大多流於「不可解」或針對隻字片語提出簡要
說明，故稱為「泛論」時期。清代以後，隨著樸學的興盛，學者逐漸
將注意力轉向漢〈鼓吹鐃歌〉十八曲文本考究，以及關於〈鼓吹鐃歌〉
的發展研究，此時的研究較為完整且全面，故稱為「詳解」時期。本
章所採用的主要資料為莊述祖《漢鼓吹鐃歌曲句解》、陳沆《詩比興
箋》、王先謙《漢鐃歌釋文箋正》、夏敬觀《漢短簫鐃歌注》，以上四
本著作也是本章所分析檢討的主要對象。

　　第三章所採用的論述方法為「歷時性」與「共時性」結合探討，
主要處理的問題是「先秦軍樂」、「鼓吹」、「鐃歌」、以及「鼓吹鐃歌
十八曲」的關係，首先是考察從先秦，經由漢代，再到曹魏的音樂官
署所執掌的範圍之變遷。接著並討論西漢至南朝的鼓吹音樂與〈鐃
歌〉、〈橫吹〉、〈騎吹〉、〈相和歌〉等音樂之間的交互關係，此為共時
性的互滲考察。

　　本章討論的另一個重點是透過中國音樂的「雅化」現象，考察漢

────────────

〔註17〕所謂的限制性，主要是因為對漢〈鼓吹鐃歌〉十八曲的背景知識誤
　　　　解，並將題材範圍過度限制，以致於在研究時受到這些背景知識的
　　　　牽制，無法以開闊的視野面對文本。如蔡邕說：「短簫鐃歌，軍樂也。」
　　　　於是夏敬觀先生就依循此觀點，將漢〈鼓吹鐃歌〉十八曲往軍樂的
　　　　角度詮釋，造成了許多盲從、附和的解釋結果。

〈鼓吹鐃歌〉在中國音樂系統中的地位演變。「雅化」的發生，也就是經由時間的累積，並且不斷地與其他音樂形式相互比較而提高其地位的過程，這當中也須借助歷時性的時間累積與共時性的相互比較過程加以判定。

第四章是將漢〈鼓吹鐃歌〉十八曲依照其來源、功能主旨分類並重新句解、詮釋。主要分類依據是採自第三章的考察成果，並參照前人的句解與詮釋詮釋的成果與漢代的社會環境現象，以「共時性」的研究方法，對十八曲漢〈鼓吹鐃歌〉的文本重新解析。

第五章是將曹魏至中唐的仿作漢〈鼓吹鐃歌〉的現象採用「歷時性」的歷史發展考察，並用歸納法加以整理、分析，試圖由這些仿作的作品中，窺得〈鼓吹鐃歌〉在後世影響力與地位。本章討論將這些仿作詩歌分成「整組仿作」與「散篇創作」兩節討論：

整組仿作大多由朝廷命樂官所作，各朝在篇幅、形式、與內容都有極大的相似性，主要的差異在於篇名均有所改易，以呈現各國開創的特性，〔註18〕但所改的題目都有所本，〔註19〕因此稱爲「仿作」。

散篇創作爲文人依題命意而作，大多用於抒發情感，屬於沒有組織性散篇，又屬個人情感的表達，所以並無統一命題，篇幅、形式、與內容也沒有繼承性，〔註20〕所以稱爲「創作」。

第六章爲結語。本章總結全文的研究成果，並依據漢〈鼓吹鐃歌〉十八曲的特性，對其在文學史上可能的影響提出看法。

〔註18〕朝廷的整組仿作，多用於歌頌建國的征伐過程。

〔註19〕如曹魏〈獲呂布〉，《宋書·樂志》云：「漢第三曲〈艾如張〉，今第三曲〈獲呂布〉，言曹公東圍臨淮，生擒呂布也。」晉〈征遼東〉，其下注曰：「古〈艾而張行〉。」吳〈攄武師〉，《宋書·樂志》曰：「〈攄武師〉者，言大皇帝辛武烈之業而奮征也。漢曲有〈艾如張〉，此篇當之。第三。」

〔註20〕以〈將進酒〉爲例，根據《樂府詩集·鼓吹曲辭二》所錄，計有昭明太子以五言四句作此詩，內容有遊俠豪放不拘之風；李白以雜言爲之，內容乃描述飲酒之歡；元稹以之作雜言敘事詩；李賀亦以雜言爲形式，內容屬於香豔詩篇。

三、論題之擬議

　　今存的漢〈鼓吹鐃歌〉十八曲並不全爲〈鐃歌〉，而是一組西漢〈鼓吹曲〉，其內容有採自民間，也有作於朝廷；其功能有用於戰陣，有用於抒情、諷刺，也有用於宮廷饗宴，所以以〈鐃歌〉之名稱之並不全然相符。然而，以「漢鐃歌」、「漢鼓吹鐃歌」、以及「漢短簫鐃歌」爲指稱此十八曲的用語，已經在中國文學史上流傳了一千多年，名稱與代表的內容雖不相符，但已經成爲約定成俗的「能指」，且有共同承認的十八首詩歌爲「所指」，實不宜擅自更改。所以筆者採用折衷的方式稱爲「漢〈鼓吹鐃歌〉十八曲」，如此既可肯定其爲「漢鼓吹」的本質，又不至於破壞傳統對「鐃歌」的具體指涉。因此，本論文也根據這種折衷的方式訂題名爲「漢〈鼓吹鐃歌〉十八曲研究」。

第二章　前人的研究成果之分析與檢討

　　〈鐃歌〉十八曲的研究困境除了資料缺乏之外，〈鐃歌〉的靈魂
——樂譜的完全亡佚，更是關鍵。漢時樂府詩的記錄，聲、辭分開而
不相混，之後樂亡，辭聲才相雜，問題也於是焉產生。蕭滌非先生在
這方面作了以下的引證說明：

　　　　漢時樂章，聲是聲，辭是辭，不相混也。《漢書·藝文志》
　　　　於既錄《河南周歌詩》七篇之後，復別錄《河南周歌詩聲
　　　　曲折》七篇；於既錄《周謠歌詩》七十五篇之後，復別錄
　　　　《周謠歌詩聲曲折》七十五篇，是即其明例。〔註1〕

〈鐃歌〉十八曲本屬漢時樂章，所以在記錄上當亦如此。但是隨著時
空的變化，後人遂失其聲，〔註2〕於是就和歌辭合寫，但仍將聲辭依
大小字作分別，小字爲聲，大字爲辭。而傳抄既久，大小字相混不分，
遂至不可解。故《樂府詩集》卷十九云：「凡古今樂錄，皆大字是詞，

〔註1〕　見蕭滌非《漢魏六朝樂府文學史》頁五十一，人民文學出版社。1998
　　　　年6月北京第一次印刷。大陸北京。

〔註2〕　江聰平先生云：「自漢武帝立樂府，命李延年爲協律都尉，略論律呂以
　　　　合八音之調。訖於曹魏，子建已有『漢曲譌不可解』之嘆。下逮六朝，
　　　　胡樂日繁，古音日益微茫矣。唐人燕樂三十八調，宋末但行七宮十二
　　　　調，凡十九調而已。至元曲代興，亦久置不歌。居今日而稽詩歌音律，
　　　　已無解人；進而論漢魏樂府，並律譜不可復得，尚何歌調之足言哉？」
　　　　見《樂府詩研究》，頁五十。興國出版社，民國六十七年三月初版。

細字是聲，聲詞合寫，故至然爾」。《宋書・樂志四》篇末後人附記亦云：「漢〈鼓吹鐃歌〉十八篇，案《古今樂錄》，皆聲、辭、艷相雜，不可復分。」

所以，〈鐃歌〉十八曲的研究至今一直難以突破的瓶頸是文本的解讀困難，歷代學者也多對其望而卻步。目前可見最早的相關論述始於南朝，但是一直到明末，學者的研究都流於零散、簡單。直到清代以後才有較爲具體且全面的研究。本章將對前人的各種關於漢〈鐃歌〉十八曲的研究、論點提出說明、檢討。

第一節先將歷代學者對漢〈鐃歌〉十八曲研究的關懷重點提出說明，以呈現整個研究的歷時現象，以及各家看法的異同與關係。

第二節以後，就清代學者莊述祖《漢鼓吹鐃歌曲句解》、陳沆《詩比興箋》、王先謙《漢鐃歌釋文箋正》，以及近人夏敬觀《漢短簫鐃歌注》，對〈鐃歌〉十八曲的文本解釋，提出說明並分析其優缺點。

事實上，清代以後的學者對〈鼓吹鐃歌十八篇〉作全面校勘訓詁的工作者並不僅以上四位，另外校重要的有譚儀《漢鼓吹鐃歌十八曲集解》、陳祚明《采菽堂古詩選》、陳本禮《漢詩統箋》，以及近人陸侃如《樂府古辭考》等類似著作，但因內容重複，〔註3〕或者僅爲集解，〔註4〕因此並未將這些著作列入討論。

第一節　綜論前人對〈鐃歌〉十八曲的關注重點

〈鐃歌〉十八曲的整體研究雖然起步較晚，但歷來學者提出各種零星的看法卻從不曾間斷。不過，大致而言，在清代以前，對〈鐃歌〉十八曲提出的見解是較爲零散，看法也較爲一致。所以，筆者以清朝爲界，分兩階段說明。

〔註3〕 如陸侃如《樂府古辭考》多引陳沆《詩比興箋》及莊述祖《漢鼓吹
　　　　鐃歌曲句解》之說法。
〔註4〕 如譚儀《漢鼓吹鐃歌十八曲集解》和陳本禮《漢詩統箋》均爲收集
　　　　他人說法，而少有述及個人之見解。

一、清朝以前的「泛論」時期

在今存清代以前的資料，並未見學者對〈鐃歌〉十八曲作出詳細且深入的分析。大多只是在詩集或詩話等作品中略帶一提，故筆者稱清代以前爲鐃歌研究的「泛論」時期。再歸納而言，稱其爲「泛論」，有兩種主要的理由：一是多存有〈鐃歌〉十八曲「字辭多有訛誤，幾乎不可解」的主張；另外則是多屬於一些關於零散的內容討論。

（一）抱持「訛誤不可解」之主張者

今存資料中，最早直接針對〈鐃歌〉十八曲提出看法者爲南朝陳釋智匠，他在《古今樂錄》所提出。但因爲該書今已亡佚，所以只能由《宋書・樂志》〔註5〕以及《樂府詩集・鼓吹曲辭一》中引錄其說。《宋書・樂志》卷末云：

> 漢鼓吹鐃歌十八篇，按《古今樂錄》，皆聲、辭、豔相雜，
> 〔註6〕不復可分。

這是史料首見關於漢〈鐃歌〉十八曲的討論，但是《宋書・樂志》中所引的《古今樂錄》之資料，爲後人所附加，所以較爲可靠的論述說明應來自郭茂倩的《樂府詩集》。

《樂府詩集・鼓吹曲辭一》又云：

> 《古今樂錄》曰：「漢鼓吹鐃歌十八曲，字多訛誤。一曰〈朱
> 鷺〉，二曰〈思悲翁〉……十八曰〈石留〉。又有〈務成〉、
> 〈玄雲〉、〈黃爵〉、〈釣竿〉，亦漢曲也。其辭亡。或云：漢
> 鐃歌二十一，無〈釣竿〉，〈擁離〉亦曰〈翁離〉。」

至於郭茂倩所引的論述，是較《宋書・樂志》完整。除了依然認爲文字傳抄錯誤之外，又對漢〈鐃歌〉十八曲的組成提出了補充說明。

〔註5〕《古今樂錄》爲六朝末之作品，不可能爲其前代的沈約所引用，又《宋書・樂志》所引用的文字刊於卷末，所以該段文字有可能是北宋時代校勘者所附加。

〔註6〕所謂的「聲」、「辭」、「豔」，根據《樂府詩集・相和歌辭一》云：「又諸調皆有辭、有聲，而大曲又有豔、有趨、有亂。辭者，其歌詩也；聲者，若『羊』、『吾』、『夷』、『伊』、『那』、『何』之類也；豔在曲之前，……」

　　唐代吳兢的《樂府古提要解》亦有繼承此一議題，繼續引伸論述如下：

　　　　……自〈上之回〉皆漢曲。又有〈朱鷺〉、〈思悲翁〉……
　　　　〈石留〉等十八曲，字多紕繆不可曉。〈釣竿〉一篇，晉代
　　　　亦稱爲漢，止於十八，恐非是也。

吳兢在此一議題上，並無新見。不過在漢〈鐃歌〉十八曲的內容討論上，《樂府古提要解》倒是有所開展，此一部份留待後文再敘。

　　到了宋代嚴羽的《滄浪詩話》雖仍有注意到此一議題，但是進展不大：〈考證〉云：

　　　　又古〈將進酒〉、〈芳樹〉、〈石留〉、〈豫章行〉等篇，使人
　　　　讀之茫然。

同篇又云：

　　　　又〈朱鷺〉、〈雉子斑〉、〈艾如張〉、〈思悲翁〉、〈上之回〉
　　　　等，只二三句可解，豈非歲久文字舛訛而然邪？

雖然嚴羽大致依舊抱持「文字舛訛」，甚至「使人讀之茫然」的看法。但是他並不因此而將漢〈鐃歌〉十八曲「一視同仁」地完全歸爲「不可解」而帶過，而是積極地在一片不可解的傳統聲浪中尋求解讀之道。終於，他也有了些許的進展，在其中的五篇研究出「二三句可解」。雖然僅是一點小進展，且《滄浪詩話》中並未言明是哪幾句，但嚴羽已在傳統的窠臼中作出了突破。

　　北宋郭茂倩《樂府詩集》中，對〈朱鷺〉、〈艾如張〉、〈上之回〉、〈巫山高〉、〈上陵〉、〈將進酒〉、〈芳樹〉、〈有所思〉、〈雉子斑〉、〈臨高台〉、〈遠如期〉十一首作說明，但只是做出背景說明與簡單的解釋，且說明解釋以引用前人資料爲主。如〈艾如張〉之下云：

　　　　艾與刈同，《説文》曰：「芟草也。」如讀爲而，猶《春秋》
　　　　曰「星隕如雨」也。古詞曰：「艾而張羅。」又曰：「雀以
　　　　高飛奈雀何？」《穀梁傳》曰：「艾蘭以爲防，置旃以爲轅
　　　　門。」爲因蒐狩以習武事也。蘭，香草也，言艾草以爲田
　　　　之大防是也。若陳蘇子卿云：「張機蓬艾側。」唐李賀云：

「艾葉綠花誰剪刻。」俱失古題本意。

可見郭茂倩是第一位試圖全面整理、解釋漢〈鼓吹鐃歌〉十八曲者。

元人劉履在《選詩補注》中曾對〈戰城南〉、〈君馬黃〉、〈臨高臺〉三曲作解釋。至於其餘的漢〈鐃歌〉曲，則在附言云：

> 其餘詞調皆古，而字多訛誤，義或不馴，不得盡取也。

劉履進一步對漢〈鐃歌〉十八曲中的三曲作解釋，已經是跳脫完全模糊概念的攏統看法。雖然他對十八首中的絕大多數依然抱持前人「字多訛誤」的看法，但他也積極地深入文意之中尋求解釋，終於開啟了清代全面研究漢〈鐃歌〉十八曲的先河。

明代中前期的楊慎，在《升庵詩話‧卷一》中云：

> 漢〈鐃歌〉曲，多不可句。沈約云：「樂人以聲相傳，詞詁不可復解。凡古樂錄，皆大字是辭，細字是聲，聲辭合寫，故致然爾。」此說卓矣。近日又有好古者效之，殆可發笑。

楊慎是明代一位相當尖銳的批評家，對漢〈鐃歌〉的看法雖無突出的見解，依然是抱持「詁不可復解」的看法，但卻以此為武器，對當時文壇的復古學古風氣大加砍伐。

稍晚於楊慎的胡應麟，亦在《詩藪‧內篇一》云：

> 鐃歌曲句讀多譌，意義難繹，而音響格調，隱中自見，至其可解者，往往工絕。如后言所稱「駕六飛龍，四時和」等句是也。然以擬郊祀，則興象有餘，意致稍淺。

同篇又云：

> 〈鐃歌〉〈朱鷺〉、〈思悲翁〉、〈艾如張〉，語甚難繹，而意尚可尋。惟〈石流〉篇名詞義，皆漫無指歸，後人臆度紛紛，終屬譌舛。〈翁離〉一章有脫簡，非全首也。

又云：

> 〈鐃歌〉詞句難解，多由脫誤所致。然觀其命名，皆雅致之極，如〈戰城南〉,〈將進酒〉、〈巫山高〉、〈有所思〉、〈臨高臺〉、〈朱鷺〉、〈上陵〉、〈芳樹〉、〈雉子斑〉、〈君馬黃〉等，後人一以入詩，無不佳者。視他樂府篇目，尤為過之。

意當時製作，工不可言。今所存意義明了，僅十二三耳，
而皆無完篇，殊可惜也。〈石流〉、〈上耶〉等篇名，亦當有
脫誤字，與諸題不類。

根據胡應麟所提出的三則意見，確知他對漢〈鐃歌〉十八曲的看法仍
依循前人的意見，認爲漢〈鐃歌〉十八曲「意義難繹」。至於「意義
難繹」的主要原因爲「脫誤所致」，並直指〈翁離〉、〈石流〉、〈上耶
（邪）〉有「脫誤」、「脫簡」字，至於所脫何字、何句，以及由何可
知以上三曲有脫誤，胡應麟並未說明，此當爲《詩藪》本屬詩話漫筆
而談的形式，所以未有詳細深入論述。

　　另外，胡應麟的《詩藪》大大提高漢〈鐃歌〉的藝術價值。由上
述引文中，我們可以很清楚的看出：胡應麟對漢〈鐃歌〉的音韻格調、
句法形式，甚至於篇目命名，都給予極高的評價，並認爲「後人一以
入詩，無不佳者」。筆者以爲這是時代風氣所然，明代自前七子的李
夢陽、何景明開啓復古、擬古的文風之後，整個明代文壇幾乎都籠罩
在漢魏、盛唐的氛圍之中，尤其對古詩、樂府的擬漢極盛。〔註7〕

　　明末許學夷《詩源辨體》亦抱持同樣的看法，該書〈卷三〉云：
漢人樂府雜言有〈鐃歌〉十八曲，中多警絕之語。但全篇
多難解及迫詰屈曲者，或謂有缺文斷簡，或謂曲調之餘聲，
或謂兼正辭填調，大小混錄。其意義明了僅十二三耳。于

〔註7〕　筆者羅列數則文論，藉以說明明代的復古風氣中的崇尚漢樂府之情
　　　　形：
　　　（1）顧起綸《國雅品・士品》云：「二公（李夢陽、何景明）古體並
　　　　　　出楚騷詞、漢樂府，而憲章少陵者。」
　　　（2）錢謙益《列朝詩集小傳・丙集》云：「獻吉（李夢陽）以復古自
　　　　　　命，曰：『古詩必漢魏，必三謝。今體必初盛唐，必杜，捨是無
　　　　　　詩焉。』」
　　　（3）《四庫全書》空同集提要云：「明自洪武以來，運當開國，多昌
　　　　　　明博大之音。成化以後，安享太平，多臺閣雍容之作。愈久愈
　　　　　　弊，陳陳相因，遂至暉緩冗沓，千篇一律。夢陽振起瘻痺，使
　　　　　　天下復知有古書，不可謂之無功。而盛氣矜心，矯枉過直。……
　　　　　　平心而論，其詩才力富建，實足以籠罩一時。而古體必漢、魏，
　　　　　　近體必盛唐，句擬字摹，食古不化，亦往往有之。」

鱗（李攀龍）、元美（王世貞）篇篇擬之，[註8]豈獨有神
解耶？中惟〈上陵〉、〈君馬黃〉、〈有所思〉、〈上邪〉、〈臨
高臺〉五篇稍可讀，姑錄之。……于鱗雖多相肖，而不免
於襲。元美則別一調矣。

許學夷的看法原則上與胡應麟相去不大，只是更具體地將明人的仿古
樂府〈鐃歌〉曲的情形具體描述出來，並提出批評。

（二）關於零散的內容討論

最早對漢〈鐃歌〉十八曲的各曲內容提出討論者爲唐代吳兢的《樂
府古題要解》。但是，該書不論對漢〈鐃歌〉十八曲的篇章、內容分
析，均不完整。

在篇章的討論部分：吳兢只對〈戰城南〉、〈巫山高〉、〈君馬黃〉、
〈芳樹〉、〈有所思〉、〈雉子斑〉、〈臨高臺〉、〈釣竿〉八篇作「要解」，
如果再扣除〈釣竿〉不記，則只佔漢〈鐃歌〉十八曲中的七篇而已。

關於內容的分析部分：吳兢是採用「要解」的擇要說明其大意
的方式，在意義的說明、背景的闡述方面，均不夠深入，僅能算是
大意的說明而已。以下舉其對〈戰城南〉以及〈雉子斑〉的說明爲
例：

〈戰城南〉

右其詞大略言戰城南，死郭北。野死不得葬，爲烏鳥所食，
願爲忠臣，朝出攻戰而莫不得歸也。

〈雉子斑〉

右古詞中有云雉子高飛止，黃鵠飛之以千里，雄來飛從雌
視。若梁簡文帝「妒場時向隴」，但詠雉而已。

我們經由上面的例子，可以清楚地發現：吳兢所作的《要解》，
主要是將原來的文句擇要整理出來，有的直接說明該篇大意；有的以
其他詩句作意義之對照而作出結論。

[註8] 明代李攀龍與王世貞對於十八曲皆有擬作。另外，李夢陽亦有仿作〈君
馬黃〉一篇：何景明有仿作〈戰城南〉、〈巫山高〉、〈芳樹〉三篇。

因此，筆者認為吳兢《樂府古提要解》只是將漢〈鐃歌〉十八曲中，作者可約略明白大意者擇要說明。〔註9〕在文學研究的意義上並不算重要，但因其為目前所見最早直接面對漢〈鐃歌〉十八曲的文本作探索者，所以在文學史上有其重要意義。

接著元代劉履《選詩補注》特別將〈戰城南〉、〈君馬黃〉、〈臨高臺〉三曲提出註解。擇其難解或關鍵字句加以註解，並說明詩意大要，如〈戰城南〉：

> 此篇刺朝廷不能用賢，蓋有非所當使而使之戰鬥，以死者不復收葬，是棄之也。賢者棄而駑劣者存，是使賢路蔽塞。君既無所資益，而忠良之士亦將絕意於仕進矣。故為之反複思念而歎惜之也。

〈君馬黃〉則曰：

> 此蓋忠臣見君不從諫，率意妄行不知止。極雖欲進以善道而不可得。故托以其乘馬不良，恐致顛踣，而為之憂傷也。

〈臨高臺〉則曰：

> 此詩人憂國嫉邪之忠義，藹然見於言諸之中。

明代的楊慎也有對〈朱鷺〉作解釋，分別見於《升庵詩話‧卷一》的〈朱鷺〉及〈魚魚雅雅〉兩條例之中：

> 〈朱鷺〉
>
> 古樂府有〈朱鷺〉曲，《解》〔註10〕云：「因飾鼓以鷺而名曲焉。」又云：「〈朱鷺〉咒鼓，飛於雲末。」徐陵詩有「橐鐘鷺鼓」之句；宋之問詩：「稍看朱鷺轉，尚識紫騮驕」，皆用此事。蓋鷺色本白，漢有朱鷺之瑞，故以鷺形飾鼓，又以朱鷺名〈鼓吹曲〉也。梁元帝〈放生池碑〉云：「元龜夜夢，終見取於宋王；朱鷺晨飛，尚張羅於漢后。」與「朱鷺飛雲末」是相協，可以互證，補《樂府解題》之缺。

〔註9〕 吳兢認為漢〈鐃歌〉十八曲的其餘十一篇「字多紕繆，不可曉。」（見《樂府古提要解》）

〔註10〕 《樂府解題》，唐劉餗著。

〈魚魚雅雅〉

　　古樂府〈朱鷺〉曲：「朱鷺，魚以烏，鷺何食，食茄下。」
烏，古與「雅」同協，音作雅。蓋古字烏也，雅也，本一
字也。雅與「夏」相，始得爲音。魚以雅者：言朱鷺之威
儀，魚魚雅雅也。韓文〈元和聖德詩〉：「魚魚雅雅」之語，
本此。「茄」，古「荷」字。

根據上例，楊愼雖未將〈朱鷺〉做出完整的解釋，但在初步引證方面，
已是有所啓發了。尤其是在文本的字句說明方面，向外能夠旁徵博
引；向內能深探文字音義。已將〈鐃歌〉的內容討論跳脫概略釋的說
明，進入細微的字句考察、比較之中。

二、清朝以後的「詳解」時期

　　入清以後，對漢〈鐃歌〉十八曲的研究進入了蓬勃時期。除了
在第二章所列舉的四家之外，尚有陳祚明、朱乾、陳本禮、譚儀等
家。

　　本單元將清代以來的重要注家對漢〈鐃歌〉十八曲所關懷的各個
面向逐一整理、分析，以呈現漢〈鐃歌〉十八曲研究的版圖。〔註11〕

　　大致而言，清代以來的研究者面對漢〈鐃歌〉十八曲詮釋主要是
集中在漢〈鐃歌〉十八曲的源流、內容、風格等各方面的認知；而這
些認知的條件引起了學者對漢〈鐃歌〉十八曲抱持是否爲軍樂的態
度。正由於「漢〈鐃歌〉等於軍樂」的觀念產生動搖，使得清代以後
的學者得以展現更多的研究面向，取得更自由的研究空間。因此，在
討論清朝以後學者對漢〈鐃歌〉十八曲的研究關懷面時，必須以漢〈鐃
歌〉十八曲是否爲軍樂作爲前提。

〔註11〕在夏敬觀之後，對漢〈鐃歌〉曲提出較爲完整且句獨創見解者爲張
　　　　壽平，他在《漢代樂府與樂府歌辭》第二編〈兩漢樂府歌辭考識〉
　　　　中，將漢〈鐃歌〉十八曲一一提出解釋說明。但筆者以爲張壽平並
　　　　未深入琢磨漢〈鐃歌〉曲的意義，所以在說明中相當缺乏論據，多
　　　　有臆測之詞。且大致主張仍傾向夏敬觀的「軍樂」思想，所以不列
　　　　入討論。

（一）漢〈鐃歌〉十八曲不皆用於軍旅

早在宋代鄭樵《通志·樂略》提出一個突出的見解，認爲〈鐃歌〉可類比爲《詩經》的風雅頌之分類，分樂府爲「風雅正聲」、「風雅遺聲」、「祀饗正聲」、「祀饗別聲」四大類。〔註12〕漢〈鐃歌〉曲被列爲「風雅正聲」。該篇云：

> 〈鐃歌〉二十二曲，風雅之遺，繫之正聲。

鄭樵認爲漢〈鐃歌〉猶如民間風謠以及臣民諷頌之詩，所以猶如風、雅。繫之正聲，顯然將此歸爲正樂。因爲有來自民間及宮廷之音樂，所以這漢〈鐃歌〉自然不全爲軍樂了。

鄭樵的觀點相當突出，尤其是提出了類比《詩經》的風雅之主張，是爲中國研究漢〈鐃歌〉之第一人。可惜歷經元、明二代，均不見有所繼承、開展。

到了清代以後，學者對〈鐃歌〉進行抽絲剝繭的工作之後，逐漸發現漢〈鐃歌〉除了可能如前人所言「意義」難明之外，甚至於是否全爲「鐃歌」均有疑問。

李因篤應該是清代第一位將漢〈鐃歌〉十八曲視爲不皆用於軍旅之歌辭，但卻未曾明言。根據其《漢詩音註》對漢〈鐃歌〉十八曲所作的題解，〔註13〕共提出諷諫、祝頌、感懷、頌禱等各種看法。所以筆者以爲李因篤是清代第一位不把漢〈鐃歌〉十八曲視同用於軍旅者，只是他個人雖有此認識，但並未特別提出。

到了朱嘉徵《樂府廣序》，又大力發揚鄭樵以《詩經》風雅爲類比漢樂府的主張，並作更細微的分類。《樂府廣序·題辭》云：

> 於起漢魏六朝以訖唐代爲分：相和、清商五調伎，以雜曲、新曲繫之當國風始；燕射、鼓吹、橫吹、舞曲，以散樂繫之當雅始；其郊祀、廟祀、五帝明堂配饗，更以歷代封禪

〔註12〕根據鄭樵自述，「正聲」乃正樂所常用；「遺聲」，逸詩之流；「別聲」者，非常用之樂。

〔註13〕李因篤《漢詩音註》對漢〈鐃歌〉十八曲的註解主是略述各詩的大意，並非詳細全面的注釋，故筆者以「題解」稱之。

雩蠟、逸頌繫之當頌始。

　　鄭樵只分至「風雅」，朱嘉徵更將風、雅分別出來，鼓吹曲列於「雅」，又依各代的不同，分別有「漢雅」、「魏雅」、「吳雅」等類。尤其是在各篇之前均有「序」，所謂的「序」，大略言該篇之意旨，仍有別於注釋。《樂府廣序‧卷十五‧漢雅》即為漢〈鐃歌〉十八曲的「序」。大抵皆為「頌美」與「諷戒」之意，與軍旅之事的關係甚渺。

　　陳祚明的《采菽堂古詩選》亦有對漢〈鐃歌〉十八曲作題解，所得的結果也不離諷諫、祝頌、感懷、頌禱這幾類。所以陳祚明雖然也未明言漢〈鐃歌〉十八曲不盡歌述軍旅之事，但其研究的結果已經明確的證明。

　　朱乾《樂府正義》也認為漢〈鐃歌〉十八曲不言軍旅之事，該書〈卷三〉云：

> 乾按：蔡邕以〈短簫鐃歌〉為軍樂。所謂軍樂者，必如〈靈夔吼〉、〈雕鶚爭〉之類，〔註14〕方合凱歌本義。今按漢〈鐃歌〉十八曲，並不言軍旅之事，何緣得為軍樂？然則〈鐃歌〉本軍樂，而十八曲者，蓋漢曲失其傳也。

所以朱乾直接否認漢〈鐃歌〉十八曲是軍樂的說法，他認為這十八曲是漢樂府，但因為未被紀錄，到了後來（沈約）才被誤錄的。《樂府正義》並將漢〈鐃歌〉十八曲一一加以詳注說明，以實際的研究分析行動解釋漢〈鐃歌〉十八曲的意旨。所以在文本的析論方面，朱乾的《樂府正義》是遠較陳祚明、朱嘉徵等人深入。

　　莊述祖是第一位專一而詳細研究漢〈鐃歌〉十八曲的學者，根據他的《漢鼓吹鐃歌曲句解》的研究結果，莊氏提出「故短簫鐃歌之為軍樂，特其聲耳，其辭不必皆序戰陳之事」的主張，這是首見將今傳〈鐃歌〉僅視為一種樂曲之名，而無歌辭之實者。另外，莊述祖依循鄭樵、朱嘉徵的看法，認為漢〈鐃歌〉十八曲可類比於《詩經》的風、雅之道。

〔註14〕〈靈夔吼〉、〈雕鶚爭〉相傳為黃帝所作的〈桐鼓十曲〉之中的二曲。關於〈桐鼓十曲〉的詳細論述，請參照第三章第一節。

只是莊氏所持的看法是「變風變雅」,《漢鼓吹鐃歌曲句解》云:

> 人但知有聲辭,固不暇復論。嘗試以其辭求六義之所在,
> 深有合於變風變雅之遺。

何為「變風變雅」?所謂的「變」,當是相對於「正」而言。所謂的「正風」,就是「風」。鄭玄認為是「言聖賢治道之遺化。」〔註15〕《詩·大序》又云:

> 風,風也,教也,風以動之,教以化之。

　　風的積極面就是教化之用,當是指人民受聖王之化,得性情之正,發於言者,哀而不傷,樂而不淫。是屬於積極以德教化之意。

　　「正雅」,就是「雅」,朱熹《詩集傳》曰:

> 雅者,正也,正樂之歌也。其篇本有大小之殊,而先儒說
> 又有正變之別。以今考之,正小雅,燕饗之樂也;正大雅,
> 朝會之樂,受釐陳戒之辭也。

「正雅」又有大小之別,根據朱熹的說法,均可用於朝廷君臣之聚會,甚至可以在這種君臣聚會中發表陳戒之辭。此當為王道興,君明臣賢的時代樂章。

　　而「變風變雅」則是屬於亂世的樂章,〈毛詩序〉云:

> 至於王道衰,禮義廢,國異政,家殊俗,而變風變雅作矣。

可見「變風變雅」是屬於消極作用。在亂世之中,各個階層者,因感於人倫之喪、政局之廢、禮儀之亂,而吟詠其詩,以諷其上。

　　綜觀莊述祖《漢鼓吹鐃歌曲句解》對〈鐃歌〉十八曲的解釋,均有所諷諫、哀憐之意,所以莊氏云「深有合於變風變雅之遺」。

　　陳本禮的《漢詩統箋》又以為漢〈鐃歌〉十八曲不僅不盡軍中之樂,甚至認為其中有「頌」與「諷」以及「郊祀樂章」。其〈鐃歌箋序〉云:

> 〈鐃歌〉十八曲,不盡軍中樂。其詩有諷有頌,有郊祀樂
> 章。其名不見于《史記》,亦不見于《漢書》,惟《宋書·

〔註15〕見《周禮·春官·大師》注。

樂志》有之。〔註16〕似漢雜曲，歷魏晉傳訛，《宋書》搜羅
遺佚，遂統名之曰「鐃歌」耳。

陳本禮雖然依舊抱持漢〈鐃歌〉十八曲非全爲軍樂的主張，但陳
氏根據此一現象，引申、提出了兩個新看法：

一爲漢〈鐃歌〉十八曲中雜有「頌」、「諷」以及「郊祀樂章」。
這是繼承前人對漢〈鐃歌〉十八曲與《詩經》的類比研究而來，並在
前人所提的「風」「雅」說法之外，另提「頌」的觀點。〔註17〕

二爲漢〈鐃歌〉十八曲乃由沈約「雜湊」而成。所謂的「雜湊」，
是由漢代的雜曲，歷經魏晉數百年的「訛傳」而至沈約之時，沈氏在
廣爲搜羅，合成十八之數，謂之「漢〈鐃歌〉十八曲」。〔註18〕我們
必須留意所謂的「訛傳」的責任歸屬，因爲前人將十八曲漢「雜曲」
誤爲〈鐃歌〉，並傳至沈約之世，沈約取而錄之。因此，沈約之過只
是未能明辨眞僞而加以錄之，錯誤的源頭乃在於魏晉之人。是故，陳
本禮提出此說，這也是第一位直接認定漢〈鐃歌〉十八曲根本不是〈鐃
歌〉，而是漢「雜曲」。

陳沆將漢〈鐃歌〉十八曲分爲「正曲」和「淮南齊楚之謳」兩大
類，自然也不將漢〈鐃歌〉十八曲列爲純軍樂。《詩比興箋·鐃歌十
八曲箋》云：

今所傳〈鐃歌〉十八曲，惟見於郭茂倩《樂府解題》。〔註19〕
而其內有〈聖人出〉、〈上陵〉、〈上之回〉、〈遠如期〉四章，

〔註16〕〈鐃歌〉之名，始見於《後漢書》註所引蔡邕《禮樂志》之言，而
　　　　非始見於《宋書·樂志》。

〔註17〕陳本禮所提出的「諷」，大抵不出莊述祖的「變風變雅」之論；所謂的
　　　　「頌」，是指宗廟舞曲。鄭玄云：「頌之言誦也，容也，頌今之德，廣
　　　　以美之。」朱熹云：「頌則鬼神宗廟、祭祀歌舞之樂。」所以「郊祀樂
　　　　章」應當歸於「頌」。因此，基本上，陳氏的新論點僅有「頌」一端。

〔註18〕此觀點當引申自朱乾「十八曲者，蓋漢曲失其傳也」而得。

〔註19〕此處應爲陳沆之誤記，今所傳的漢〈鐃歌〉十八曲，早於郭茂倩的
　　　　沈約即已錄於《宋書·樂志》之中。又《樂府解題》亦非郭茂倩所
　　　　作，只是郭氏《樂府詩集》多有引用《樂府解題》之說，所以陳沆
　　　　誤記爲郭氏所作。

明皆宣帝時事，則此〈鐃歌〉十八曲之首，當爲宣帝所作。

及漢武世，淮南、齊、楚之謳與。

陳沆應該是受到魏晉以後對〈鼓吹曲〉的創作觀念的影響，認爲作於宮廷、用以頌美帝國、君主者是爲〈鼓吹鐃歌〉。因此將其中四首「宣帝時作，爲鐃歌之正曲，及《漢書》所謂『修武帝故事，頗作詩歌者也』」〔註20〕視爲「正曲」。因爲魏晉以後的〈鼓吹曲〉的創作觀念並不以「軍樂」爲主旨，所以陳沆在這種觀念影響下所分立出來的四曲「正曲」也不以「軍樂」的條件來看待。〔註21〕

其餘十三曲則爲「淮南、齊、楚之謳」，〔註22〕自然就更不爲軍樂了。《詩比興箋・鐃歌十八曲箋》又云：

餘十三曲，則雜有淮南、齊、楚之謠，諷刺之什，非盡作於朝廷，亦非〈鐃歌〉「揚德建武，以勸士諷敵」之本旨。

大抵武帝時采入樂府，特取其音節，充備散取而已。

這一部份就更明白表示所餘十三曲與〈鐃歌〉的關係更爲疏遠。其中陳沆認爲有些是武帝采其音節入樂府，重點並不在於歌辭的觀點，與莊述祖《漢鼓吹鐃歌曲句解・序二》所云：「故短簫鐃歌之爲軍樂，特其聲耳，其辭不必皆序戰陳之事」頗爲類同。

王先謙也是抱持漢〈鐃歌〉十八曲不皆爲〈鐃歌〉的立場。《漢鐃歌釋文箋正・自序》中云：

〈思悲翁〉、〈戰城南〉、〈巫山高〉、〈有所思〉，《藝文志》之〈漢興以來兵所誅滅歌詩〉也；〈上之回〉、〈將進酒〉、〈臨高臺〉、〈遠如期〉，〈出行巡狩及游歌詩〉也：在〈鐃歌〉內者也。〈聖人出〉，〈泰一雜甘泉壽宮歌詩〉也：在〈鐃歌〉外者也。其餘九篇，亦皆名仍舊曲，屢易新辭。

〔註20〕見陳沆《詩比興箋・鐃歌十八曲箋》。

〔註21〕魏晉以後所作的〈鼓吹曲〉與漢時〈鐃歌〉有著顯著的差異，陳沆以魏晉以後的〈鼓吹曲〉內容取向作爲漢〈鐃歌〉十八曲的判定標準，並不正確。惟本章重點在於介紹，所以並不討論〈鼓吹曲〉與〈鐃歌〉之間的相關性以及義界問題。相關論述俟於第三章再討論説明。

〔註22〕陳沆並未對〈擁離〉作箋注，所以總共只以十七曲爲數。

很明顯地，王先謙將漢〈鐃歌〉十八曲分視為「原曲原辭」，以及「舊曲新辭」兩大類。原曲原辭之中，除了誤錄的〈聖人出〉之外，均可視為〈鐃歌〉；舊曲新曲者，僅曲屬〈鐃歌〉，辭已為後世所改填，王先謙在《漢鐃歌釋文箋正‧例略》有云：「十八曲不皆〈鐃歌〉，蓋樂府存其篇名，在漢時已屢增新曲，實為後代擬樂府之祖」。此一部份與莊述祖、陳沆認為今存漢〈鐃歌〉十八曲之所以被視為〈鐃歌〉，僅是其聲而非其辭的看法一致。

譚儀《漢鼓吹鐃歌十八曲集解》主要是整理前人的箋注、解釋，再加上譚儀個人簡單的見解而成。該書所「集」的學者論述有：陳祚明《采菽堂古詩選》、張琦《宛陵書屋古詩錄》、莊述祖《漢鼓吹鐃歌曲句解》、陳沆《詩比興箋》四部。而又以二陳、莊氏之說最多。因為譚氏個人見解頗為簡略，又乏獨到之處，因此所持的觀點大致不出上述四家之見。且上述四家對漢〈鐃歌〉十八曲是抱持不盡軍中之樂，譚儀大略采其說，因此譚儀亦當列為此一主張者。當中較為特出的看法為「漢頌」、「漢雅」之說。

譚儀認為〈聖人出〉是屬於「漢頌」，但並未說明原因。然而細察譚氏《集解》，〈聖人出〉的解釋多為頌美帝王之辭，適足以符合六義的「頌」。

譚儀又認為〈上邪〉是屬於「漢雅」，亦未說明原因。只是附註一句「陳箋盡之」。大抵是認為「陳箋」的說法足以完全得其為「漢雅」之因。所謂「陳箋」，指的是陳沆《詩比興箋》，該書云：

> 此忠臣被讒自誓之詞與，抑烈士久要之信與。凜凜然，烈
> 烈然。

如果根據〈毛詩序〉所提的標準，這樣的功能與內容應當歸於「變雅」。譚儀的「漢頌」、「漢雅」之說，乃上承鄭樵、朱嘉徵、莊述祖、陳本禮等人的觀點。

以上是依據「漢〈鐃歌〉十八曲不皆用於軍旅」的觀點為脈絡，以鄭樵為觀念的起點，將清代學者抱持此一觀點者，一一提出討論。

其中在大原則（漢〈鐃歌〉十八曲不皆用於軍旅）一致的情況下，分展出個別所持論點的差異，藉此呈現清代學者在此一議題之下，個別的關懷領域。以下用表格呈現之：

	風	雅	頌	其他觀點
鄭樵	提出「風雅正聲」說（未將「風」、「雅」分立）。			
朱嘉徵		提出鐃歌爲「漢雅」。		
朱乾				漢〈鐃歌〉十八曲，並不言軍旅之事，蓋漢曲詩其傳也。
莊述祖	提出「變風變雅」說（未將「變風」、「變雅」分立）。			1.〈短簫鐃歌〉所指是「聲」而非「辭」。2.十八曲皆有本事可考。
陳本禮	提出鐃歌雜有「諷」，但大抵與莊述祖「變風變雅」相類似。		陳本禮提出鐃歌雜有「頌」。	認爲〈鐃歌〉十八曲事經由訛傳之後，再由沈約搜羅而成。上承朱乾之說。
陳沆				提出〈短簫鐃歌〉所指是「聲」而非「辭」。同於莊述祖之說。
王先謙				樂府存〈鐃歌〉之篇名，在漢時已屢增新曲，實爲後代擬樂府之祖。大略同於莊述祖、陳沆之說。
譚儀		繼承「漢雅」說。	提出「漢頌」說。	

（二）漢〈鐃歌〉十八曲皆用於軍旅

不僅清代以來，甚至可說自沈約《宋書·樂志》正式收錄漢〈鐃歌〉十八曲以來，堅持這十八曲均爲「軍樂」且一一詳加注釋說明者，只有夏敬觀《漢短簫鐃歌注》而已。

　　夏敬觀《漢短簫鐃歌注》專以「揚威」、「建德」、「勸士」、「諷敵」之旨，將十八曲之內容，盡入此四類之中。此四類或揚軍威屈敵、或立德服敵、或振聲威以勸士、或寓言以諷敵，均為用於軍中之樂。所以，夏敬觀可謂古今唯一將漢〈鐃歌〉十八曲全解釋為軍樂者。

第二節　莊述祖《漢鼓吹鐃歌曲句解》的「不必皆序戰陳之事」之主張

一、《漢鼓吹鐃歌曲句解》的句解動機

　　莊述祖是在一個偶然的情況下，觸動了為〈鐃歌十八曲〉作句解的動機，他在《漢鼓吹鐃歌曲句解》的〈序一〉〔註23〕有云：

　　　　幼子循博自塾中偶授以〈鄉雲〉、〈擊壤〉古歌謠，不至聱牙。次及漢樂府〈戰城南曲〉云：「朝行出攻，暮不夜歸」，詞旨複沓，難以強解。

藉由孩童在私塾中所學的兩種古代歌謠之難易對比，襯托出〈戰城南〉的難以理解，並舉出其中「暮不夜歸」的「暮」字為例，用六書的假借方法推出「暮」應為「莫」才是，並依此解得「莫不夜歸」乃「言古之用師者，無不完而歸也」。〔註24〕經由這個例子，莊述祖再以古自古音去審度那些所謂「字多訛誤不可解者」之後，發現「其不可讀者唯〈石留〉一篇，餘皆文從字順，意見言表，吻玲瓏天籟自合」。〔註25〕所以，莊述祖認為前代學者並未用心發掘〈鐃歌十八曲〉的文義，〈序一〉又云：

<hr/>

〔註23〕在莊述祖的《漢鼓吹鐃歌曲句解》中，是有兩篇敘述個人作〈鐃歌十八曲〉的動機以及主張的序文，但莊述祖皆未在文前註明為「序」。筆者認為二篇的內容當為序文，故擅定為序，又因有二篇，故分別定為〈序一〉及〈序二〉。

〔註24〕本句出處為《漢鼓吹鐃歌曲句解》的〈序一〉。

〔註25〕同本節註1。

劉彥和云：「詩者爲樂心，聲爲樂體：樂體在聲，瞽師務調
其器；樂心在詩，君子宜正其文」。又云：「陳思稱李延年
閑於增損古辭」。然則之管弦者辭多增減以合其聲。人但知
有聲辭，固不暇復論嘗試以其辭求六藝之所在。

因爲聲辭的干擾，使得許多學者對樂府詩的研究卻步，但卻不知道樂
府詩雖名爲「樂府」，但事實上「詩爲樂心」，所以「君子宜正其文」，
不應該爲聲辭這種次要部分所苦而不去追求辭中合於《詩經》六義的
眞意。

因此，在本序的最後，莊述祖綜歸作〈鐃歌十八曲〉句解的目的
在於闡明〈十八曲〉作者之意，並示以學童初學詩之圭臬。〈序一〉
末云：

遂序所以作詩者之意，並譔其句解，姑以爲兒童初習詩者
塵飯涂羹之戲云。

二、《漢鼓吹鐃歌曲句解》的主張大要

在莊述祖《漢鼓吹鐃歌曲句解》的〈序二〉中主要有三個主張：
第一爲〈鐃歌〉十八曲爲漢時之古兵法武樂。〔註26〕第二爲〈鐃歌〉
十八曲的內容分爲「巡狩福應」的「述功德」，以及「淮南齊楚」的
「有所諫譏」兩大類。第三爲「〈短簫鐃歌〉之爲軍樂，特其聲耳」
〔註27〕的辭以聲定名之主張。

《漢鼓吹鐃歌曲句解》的研究基礎，就是由前述第二和第三主張
所綜合而成的十八曲「不必皆序戰陳之事」的原則。

前已舉蕭滌非所徵引《漢書・藝文志》的說明：漢時歌詩是聲、
辭分別記錄，在歌詞之外，另記其聲。既然是聲、辭分開記錄，就有
可能如後世倚聲填詞一般，用其原聲，另填其辭，至於曲名，則保留
之。莊述祖也持相同看法，他在《漢鼓吹鐃歌曲句解》的〈序二〉云：

〈短簫鐃歌〉之爲軍樂，特其聲耳，其辭不必皆序戰陳之

〔註26〕《漢鼓吹鐃歌曲句解》云：「古兵法武樂或即〈短簫鐃歌〉。」
〔註27〕見《漢鼓吹鐃歌曲句解》〈序二〉。

　　事。……其〈石留〉一篇，與《宋志》今鼓吹鐃歌曲同，

　　沈約云：「樂人以音聲相傳，詁不可復解」是也。

所以今存的〈鐃歌〉十八曲用的是軍樂的「原聲」，另依自己的感發
而填入辭句而成，其中的〈石留〉一篇，完全是聲，並未留下辭句，
所以莊述祖認為該篇無辭，故並未作其句解。〔註28〕

　　因此，這十七曲的內容必然紛雜，我們可知依這十八曲的「聲」
而各自填辭作品多雜不一。到了沈約之時，歷經的時空相當的久廣，
創作的題材勢必多樣。〈序二〉云：

　　〈鼓吹鐃歌〉十七曲，其〈上之回〉、〈上陵〉、〈遠如期〉
　　三曲為宣帝時詩，有巡狩福應之事。餘十四篇非作於一時，
　　雜有淮南齊楚之歌，又皆有所諫譏而作。其序戰陳之事者，
　　唯〈戰城南〉一篇，而不述功德。述功德者唯〈聖人出〉
　　一篇而已。它或悲君臣遭遇之難，傷禮義陵遲之失。至於
　　思周道，緬頌聲，故不得專以建威勸士言也。

是故，本章將以莊述祖的《漢鼓吹鐃歌曲句解》中所主張的「不必皆
序戰陳之事」為原則，將十七曲漢〈鼓吹鐃歌〉分為「巡狩福應」和
「有所諫譏」兩大類加以說明。

三、《漢鼓吹鐃歌曲句解》的分類說明

（一）巡狩福應

　　莊述祖認為屬於巡狩福應之類者皆作於宣帝之世，除了在詩句之
中透露出相關於宣帝時的一些訊息之外，宣帝本身好神仙福應也是一
個重要因素。並且由辭中亦可窺知宣帝之好大喜功的個性實不下於武
帝，只是武帝的喜功用於征邊巡遊；宣帝的喜功用於巡遊以及歌頌祥
瑞福應。莊述祖《漢鼓吹鐃歌曲句解》中指出宣帝之世的三首巡狩福
應詩為〈上之回〉、〈上陵〉、〈遠如期〉。

　　以下採用表格示之：

〔註28〕莊述祖在《漢鼓吹鐃歌曲句解》的〈遠如期〉之後云：「〈石留〉，舊
　　　　第十八，有其聲而辭失傳，詁不可復解，今不錄。」

曲 名	莊述祖《漢鼓吹鐃歌曲句解》所述之主旨大義
〈上之回〉	紀宣帝「修武帝故事，盛車服，敬齊祠之禮，頗作詩歌」〔註29〕的巡游事蹟，並作詩歌頌美之。本詩大意爲：宣帝將巡遊至回中，先經過甘泉避暑，並會見各國諸侯。藉以歌頌宣帝之世，四方臣服，漢威遠播之意。
〈上陵〉	記錄宣帝之世的神仙祥應事蹟，詠神靈之遨遊。將宣帝時的一些祥應傳說，加以渲染，作詩以娛宣帝，誠可謂投其所好也。
〈遠如期〉	這首歌辭描述漢宣帝巡遊至甘泉，匈奴呼韓邪單于入謁的事蹟，〔註30〕文中充滿歡樂、盛大、祝賀、恭賀的辭句與氣氛。

上述三首漢〈鼓吹鐃歌曲〉被莊述祖定爲「巡狩福應」之類，內容偏向於巡遊記述功德，並作歌以頌之，有別於「淮南齊楚」的諷諫型態。不過，熟讀魏晉以後所仿的〈鼓吹鐃歌曲〉，將會發覺在題材主旨方面，與莊述祖所謂「巡遊福應」類〈鐃歌〉極爲相近。至於魏晉以後所仿的鼓吹鐃歌是否源於漢〈鐃歌〉的三首「巡狩福應」類，雖極有可能，但仍待深入考證。

（二）淮南齊楚的「有所譏諫」

所謂的「淮南齊楚」，是泛指各地的歌辭。這些歌辭的內容與目的，就是「有所譏諫」。筆者根據莊述祖對這十四曲的句解所作的歸納，認爲這十四曲出自民間各地的諷諫歌謠，主要針對的對象有三：1.朝廷。2.前代。3.當時風俗。

針對朝廷的歌辭，主要目的是勸諫諷刺朝廷的作爲，期望能令當政者有所改進，所以莊述祖在討論這些歌辭句解前所立的主旨，多言「思」、「諫」、「戒」等含有期許、規勸的動詞；針對前代的作爲而歌

〔註29〕見《漢書・郊祀志》。

〔註30〕《漢書・宣帝紀》：「（甘露元年十二月）呼邪韓單于款五原塞，願奉國珍朝。」同篇又云：「（甘露）三年春正月，行幸甘泉，郊泰時。匈奴呼韓邪單于稽侯狦來朝，贊謁稱藩臣而不名。賜以冠綬、冠帶、衣裳、安車、駟馬、黃金、錦繡、繒絮。使有司道單于先行就邸長安，宿長平。上自甘泉宿池陽宮。上登長平阪，詔單于毋謁。其左右當戶之群皆列觀，蠻夷君長王侯迎者數萬人，夾道陳。上登渭橋，咸稱萬歲。單于就邸，置酒建章宮，饗賜單于，觀以珍寶。二月，單于罷歸。」

諷的作品，表現了一種對歷史教訓的悲憫與諫刺；針對當時風俗所作的歌辭，主要表現在夫妻之倫的敗壞，婚俗的喪亂，或當時社會的不良習氣而抒發的感懷，並作歌以勸戒之。以下分別列而析之：

1. 思諫於朝廷

就《漢鼓吹鐃歌曲句解》的說明分析，本類作品共有〈朱鷺〉、〈翁離〉、〈聖人出〉、〈思悲翁〉、〈雉子班〉、〈戰城南〉、〈艾如張〉、〈芳樹〉八首。

以下採用表格示之：

曲　名	莊述祖《漢鼓吹鐃歌曲句解》所述之主旨大義
〈朱鷺〉	以鷺食魚而復吐為興，說明當時無直言的諫士之因乃是君主不能屈己求諫，故作此歌以諷刺、提醒人君。
〈翁離〉	任用君子立朝，自當再引用君子入朝，則朝廷必由君子所組成。故本辭為思賢者在位之作。
〈聖人出〉	這是一首歌詠高祖即位為天子，人民喜而作之。但在頌德欣喜的表面意義之下，深藏著一股人民久經亂世，對太平盛世的迫切渴望之意。
〈思悲翁〉	本篇的主旨為「傷功臣也」，背景為「漢誅滅功臣，呂后族淮陰侯信，醢梁王越，民尤冤之，故作是詩」。
〈雉子班〉	本篇的主旨為「戒貪祿也」，創作背景為「秦尚權力，君臣之禮廢，漢承秦制而不能改。仕者以爵祿相誘致，已而相謀，多罹法網。賢者皆思遯世焉」。
〈戰城南〉	本篇的主旨為「思良將帥也」，針對的時事為「武帝窮武擴土，征伐不休，海內虛耗，士卒死傷相繼」。
〈艾如張〉	本詩採用古今對照的方式，突顯出帝王田獵之法的差異，並襯托出當時帝王無愛及微物之心。並以王道能否完成為誘因，以導引帝王效法古禮而戒田獵無度之失，使萬物依四時而生息。
〈芳樹〉	本曲的主旨是「諫時也」，因為「衰亂之世，以妾為妻，上無以化下，而好惡拂其性。君子疾其無心焉。」

2. 歌諷前代

就《漢鼓吹鐃歌曲句解》的說明分析，本類作品共有〈巫山高〉、

〈臨高台〉二首。

以下採用表格示之：

曲　名	莊述祖《漢鼓吹鐃歌曲句解》所述之主旨大義
〈巫山高〉	本篇的主旨爲「閔周也」，敘述的背景爲「楚頃襄王約齊、韓伐秦，而欲圖周。國人疾其不能自強，而棄其主，且閔周之將亡，故作是詩。此楚歌詩，漢武帝時樂府采之。」
〈臨高台〉	本辭的主旨爲「諫亂也」，背景爲「春申君黃歇相楚，考烈王無子，歇納李園女弟，有身，進之王，生子以爲太子。園謀殺歇以滅口，國人知之而作此詩」。

3. 諷戒風俗之敗

就《漢鼓吹鐃歌曲句解》的說明分析，本類作品共有〈將進酒〉、〈君馬黃〉、〈有所思〉、〈上邪〉四首。

以下採用表格示之：

曲　名	莊述祖《漢鼓吹鐃歌曲句解》所述之主旨大義
〈將進酒〉	本曲的主旨爲「戒飲酒無度也」，內容強調「賓主人相勸酬，歌詩相贈答，無沉湎之失焉」。
〈君馬黃〉	本曲的主旨爲「諫亂也」，所述之事爲「君臣各從其欲，車馬曾不得休息焉」。
〈有所思〉	這是以女子的角度立論，說明當此衰亂之世，禮崩俗壞，男女私下自訂婚約，因其不愼重又失於禮俗，故往往輕易絕之。此詩是歌諫時事之作。
〈上邪〉	男子安慰女子之辭，並用誓言以自明。莊述祖認爲男子之所以須用如此堅定而繁複比喻的誓辭，皆因當時的環境是「禮樂陵遲」，故須用誓以示信，實爲一個言難以爲信的時代。因此，莊述祖主張本曲是爲「諫不信」之諷歌。

四、莊述祖《漢鼓吹鐃歌曲句解》的句解之檢討

莊述祖的《漢鼓吹鐃歌曲句解》作者自謙是作於偶然，僅作「爲兒童初習詩者塵飯涂羹之戲」，但卻被後世學者廣爲重視，〔註31〕因

〔註31〕如陳沆《詩比興箋》的寫作，就明言深受莊述祖的影響。陳沆雖然
　　　　表示莊書「臆鑿附會」、「詮義淺近」，但若非莊書在當時的影響深遠，

爲本書是第一本專門爲〈鐃歌〉十八曲作校勘訓詁的著作。〔註32〕所以《漢鼓吹鐃歌曲句解》中對〈鐃歌〉十八曲的一些處理方式與觀念，對清代以後的學者，是有著相當的影響。因此，本書的優劣所關係的將不只是單純的評價而已，更具有「啓後」的重要性。

　　莊述祖以開放的角度去思索這十八曲的內容與背景，所以經由他的句解，〈鐃歌〉十八曲中所蘊含的所有可能，突然之間釋放開來。這是《漢鼓吹鐃歌曲句解》的主要特色，成敗優劣也繫乎此。

　　首先探討其優點：

　　《漢鼓吹鐃歌曲句解》的最大優點是能拋棄傳統名稱的意義束縛，而去正視文本的意涵。自沈約《宋書·樂志》正式紀錄這十八首，並言其名爲〈漢鼓吹鐃歌〉十八曲開始，學者莫不爲這十八曲的「鐃歌」之名與內容的繁複不一之間大感困惑。主要是因爲一般學者既肯定「鐃歌」的軍樂性質，但又發覺十八曲的內容之中難以呈現「軍樂」的特性，甚至於連文句也不易明瞭。

　　莊述祖主張「其辭不必皆序戰陳之事」，先將〈鐃歌〉十八曲將「鐃歌」的名稱限定中釋放。〔註33〕使得句解的工作回歸文本，無須考慮內容是否能用於軍中的問題，所以得出十八曲中包含宮廷福應之詩、各地民歌，並在性質方面保有樂府民歌的坦白直接諷勸之特色。這種對內容抱持開放客觀的研究態度，爲〈鐃歌〉十八曲開展了更寬廣的研究空間。

　　陳沆何須作《詩比興箋》而補充之，且陳書之中亦常有引莊說之處。又譚儀的《漢鼓吹鐃歌十八曲集解》也是「偶發陳允倩《采菽堂古詩選》、張翰《風宛陵書屋古詩錄》、莊葆琛《漢鐃歌曲解》、陳秋舫《詩比興箋》四書，剟刺要刪，略下己意，爲《集解》一卷。」（《漢鼓吹鐃歌十八曲集解·序》）

〔註32〕在莊述祖《漢鼓吹鐃歌曲句解》之前，有李因篤的《漢詩音注》、朱嘉徵的《樂府廣序》、陳祚明的《古詩選》、朱乾的《樂府正義》都有對〈鐃歌十八曲〉作訓詁注釋的工作，但皆視爲附屬論證的態度。

〔註33〕莊述祖所謂「不必皆序戰陳之事」是認爲此十八曲爲〈鐃歌〉，但在〈鐃歌〉的範圍內，並非內容全屬戰場之事，此觀點不同於朱乾。朱乾是主張十八曲並非〈鐃歌〉，是從根本的之處加以否定。

另外，《漢鼓吹鐃歌曲句解》也有兩點缺失：

（一）擅加改變、增減辭句

莊述祖在《漢鼓吹鐃歌曲句解》中採用開放、寬廣的態度處理〈鐃歌十八曲〉的問題，雖然有其積極意義。但是，如果在缺乏證據的前提之下，這樣的處理方式必然會流於主觀且不嚴謹，甚至於先預設意義再改易字句以合之。

雖然莊述祖在《漢鼓吹鐃歌曲句解》的〈序一〉中云：「余嘗論學者苟通古字、古音，於書無不可讀者。雖復真偽雜揉、編簡亂脫，以倉籀定其文，以聲韻辨其句，要不遠於人情。」的確，有些部分的辭意、字音，莊述祖能論其所由來。但是，尚有一些文字改易、疊句的使用、辭句的錯換，並未能提出證據，似乎只為能暢其文意而任意為之。如《漢鼓吹鐃歌曲句解》中常用「舊作……」、「舊亂脫於……」、「……舊無疊句」，一味的改異辭句，雖使辭意更順暢，但所暢者僅莊述祖所自訂的辭意而已。如此有如先作答案，再改題目，實欠嚴謹。

（二）歌辭的時間認定太廣

莊述祖不只對〈鐃歌〉十八曲內容研究的態度開放程度，就連取材的時空範圍之限定也相當鬆散。在空間上，有朝廷的作品，也有採自「淮南齊楚」的各地謠謳，基本上是肯定的。然而在時間上的認定就有些值得商榷之處：

《漢鼓吹鐃歌曲句解》中〈序二〉有云：「故〈短簫鐃歌〉之為軍樂，特其聲耳。」也就是說，莊述祖認為〈鐃歌〉十八曲所用均為〈短簫鐃歌〉之曲，而短簫鐃歌曲的使用，是在漢代才有。所以如果要以〈短簫鐃歌〉之聲填詞，至少需要到漢代以後才有可能。〔註34〕所以莊述祖認為〈巫山高〉和〈臨高臺〉皆敘述東周之事，實不可能列於漢鼓吹鐃

〔註34〕莊述祖認為「古兵法武樂」即為〈短簫鐃歌〉，所以〈短簫鐃歌〉自可紀錄東周之事。但並無證據足以證實「古兵法武樂」即為〈短簫鐃歌〉。〈短簫鐃歌〉之名是漢代以後，胡樂傳入之後，與鐃歌相雜，而有此名。詳見本書第三章。

歌曲之中。此應為莊述祖將時間的限定太寬所產生的缺失。

　　莊述祖的《漢鼓吹鐃歌曲句解》以開放的思維角度，將〈鐃歌〉十八曲的研究擺脫了「鐃歌」的傳統限制，開啓了更大的思考空間。使得其後的研究者，不再陷入以「軍樂」爲思考的窠臼之中，〔註35〕無疑是〈鐃歌十八曲〉的研究之「解放者」。所以，筆者以爲，〈鐃歌〉十八曲的研究，是以莊述祖爲分水嶺。在之前，是屬於零散研究，且主張「茫然不可解」的時期。正如嚴羽的《滄浪詩話》所云：

　　　　漢詩之不可讀者，莫如〈巾舞〉、〈鐸曲〉二歌，又〈鐃歌〉
　　　　之〈將進酒〉、〈芳樹〉、〈石流〉等篇，使人讀之茫然。若
　　　　〈朱鷺〉、〈雉子班〉、〈艾如張〉、〈思悲翁〉、〈上之回〉等，
　　　　只二三句可讀。

到了莊述祖《漢鼓吹鐃歌曲句解》之後，可謂〈鐃歌〉十八曲之研究的「眼界始開」。

第三節　陳沆《詩比興箋》的「鐃歌正曲」與「雜謠諷刺」之相對主張

一、箋注之動機

　　陳沆的《詩比興箋》創作之時間略晚於莊述祖的《漢鼓吹鐃歌曲句解》，〔註36〕所以在作《詩比興箋》卷一〈鐃歌十八曲箋〉的動機說明時，除了陳沆對〈鐃歌〉十八曲的研究有所心得，並提出自己的看法的積極原因之外。另一方面，就是消極地不滿莊述祖的《漢鼓吹鐃歌曲句解》中的句解、說明，而提出新的訓詁考證成果。

　　陳沆在《詩比興箋》卷一的前言云：

　　　　今所傳鐃歌十八曲，惟見於郭茂倩《樂府詩集》題解。而其

〔註35〕自莊述祖以後，以純「軍樂」的角度探索〈鐃歌〉十八曲者，僅有
　　　　夏敬觀一人而已。詳見本章第五節。
〔註36〕陳沆的《詩比興箋》自序作於咸豐四年（1854）；莊述祖的《漢鼓吹
　　　　鐃歌十八曲句解》自序作於嘉慶十一年（1806）。

內有〈聖人出〉、〈上陵〉、〈上之回〉、〈遠如期〉四章，明皆
宣帝時事，則此〈鐃歌〉十八曲之首，當爲宣帝所作，及漢
武世淮南、齊、楚之謳與。近日武進莊述祖曾有此箋，而臆
鑿傅會。如〈巫山高〉爲頃襄王圖周室，則何預漢之鐃歌？
以〈聖人出〉美高祖之即位，而九河里地，及草昧情形，皆
不符。其餘如〈君馬黃〉、〈艾如張〉、〈上邪〉等篇，詮義淺
近。〔註37〕故輒正其條貫，抉其幽匿，備學僮紬諷云爾。

在這一段論述中，可以清楚地看出陳沆將〈鐃歌〉十八曲的時代範圍
定於宣帝之時，並往上推及武帝之世。其中對十八曲的排列順序並不
依照《宋書・樂志四》，以及《樂府詩集》中的次序，而是以陳沆認
爲宣帝時所作的〈聖人出〉、〈上陵〉、〈上之回〉、〈遠如期〉爲鐃歌之
首。其餘除了〈石流〉一篇存而不論之外，〔註38〕均爲武帝時的地方
歌謠，並不屬於鐃歌之列，所以置於之後。

　　陳沆在鐃歌所下的考訂工夫，是希望能將〈鐃歌十八曲〉的眞正
風貌呈現出來，以利於後來學者做抽絲剝繭的工作。

二、《詩比興箋》對〈鐃歌〉十八曲的分類說明

　　陳沆《詩比興箋》將〈鐃歌十八曲〉分爲「鐃歌正曲」與「淮南、
齊、楚之謠，諷刺之什」兩大類。該書云：

上四篇，〔註39〕皆宣帝時作，爲鐃歌之正曲。即《漢書》所
謂修武帝故事，頗作詩歌者也。餘十三曲，則雜有淮南、齊、
楚之謠，諷刺之什，非盡作於朝廷，亦非鐃歌揚德建武，以
勸士諷敵之本旨，大氐武帝時采入樂府，特取其音節，充備
散曲而已。今參用武進莊氏校本更以意，次第如左。

所以，依據陳沆的看法，〈鐃歌〉十八曲之中，眞正屬於鐃歌的只有
四首，也就是「鐃歌正曲」，其餘的「雜謠諷刺」之作，本質上並不

〔註37〕關於莊述祖對以上各篇的闡釋，詳見本章第二節。
〔註38〕陳沆《詩比興箋》中〈鐃歌十八曲箋〉末云：「……鐃歌十八曲，解
　　　　其十七。其〈石流〉一篇，聲辭久淸，不可復詁。」
〔註39〕指〈聖人出〉、〈上陵〉、〈上之回〉、〈遠如期〉四篇。

屬於鐃歌，而是取之音節爲用而已。

本節將就陳沆所謂的「鐃歌正曲」和「雜謠諷刺」兩類分別說明之。

（一）鐃歌正曲

陳沆所謂「鐃歌正曲」者，當爲「作於朝廷」或「揚德建武，勸士諷敵」之辭。雖然陳沆如此明言，但就其所選入的〈聖人出〉、〈上陵〉、〈上之回〉、〈遠如期〉四曲中的解釋說明即可發現：作者僅取「作於朝廷」卻乏「揚德建武，勸士諷敵」[註40] 之用意。所謂「作於朝廷」者，即「獻功之樂」、[註41] 「王師大獻，則令奏愷樂」[註42] 之意，且又雜用於「鼓吹」之中的朝廷宴會、道路從行、賜功臣、師有功等方面，最後遂有「鼓吹鐃歌」之名。

以下採用表格示之：

曲　名	陳沆《詩比興箋》所述之主旨大義
〈聖人出〉	陳沆認爲〈鐃歌十八曲〉作於漢宣帝之時，「鐃歌正曲」所歌頌帝王之功德，自當由宣帝始。本詩列爲首篇，就是因爲內容所述爲宣帝起自民間，後被迎爲天子之事。
〈上陵〉	此詩爲漢宣帝祭祀五帝時所作，這一首詩既歸於鐃歌，但又屬於「食舉」之用。
〈上之回〉	藉著歌頌甘露三年，呼邪韓單于來歸之事，而將宣帝巡游王土、威振四方的過程一併呈現。[註43]
〈遠如期〉	也是歌頌宣帝甘露三年，呼韓邪單于來歸之事，所頌者與前一篇〈上之回〉是同一事件。

〔註40〕 就嚴格意義而言，所列四首是以作於宮廷之中，以饗帝王爲主。間或有歌頌軍功、服敵之意，也是爲配合樂辭之歌頌效果。所以主要目的並未置於「揚德建武，勸士諷敵」。

〔註41〕 《周禮・大司馬》：「師有功則愷樂獻於社。」

〔註42〕 見《周禮・大司樂》。

〔註43〕 《漢書・匈奴傳》：「甘露三年正月，單于朝天子於甘泉宮，……上自甘泉宿池陽宮，上登長平阪。詔單于毋謁，其左右當戶之群皆列觀，蠻夷君長王侯迎者，數萬人夾道陳。上登渭橋，咸稱萬歲。」

（二）雜謠諷刺

　　除了以上四首「鐃歌正曲」以及陳沆認為不可解的〈石流〉之外，其餘十三曲，《詩比興箋》中，將之歸入「淮南、齊、楚之謠，諷刺之什」的地方民歌系統。以下依序就陳沆《詩比興箋》的主張大要列表提出說明：

曲　名	陳沆《詩比興箋》所述之主旨大義
〈巫山高〉	大概是景帝初年，吳楚地區的民歌，內容「似憂吳、楚七國之事」。到了武帝、宣帝之時，方採入樂府，以敘前事。
〈戰城南〉	塞上屯卒，且耕且戰，痛苦不堪之下，藉著存者代戰亡者之言而唱的詩歌。藉著生動而慘烈的戰爭過程與結果，反應出渴望良將保邊護民的願望。
〈雉子斑〉	此為刺時之歌，陳沆認為大約是武帝之時所作。「上以爵祿誘士，士以貪利罹禍，進退皆不以禮，賢者思遯世遠害也」。
〈艾如張〉	以法令類比狩獵，古代法令如狩獵之禮，以仁心為本，看似疏漏，實則如天網恢恢；反觀當時法令，嚴密峻苛，結果反而漏洞百出，不見成效。
〈君馬黃〉	諷刺武帝剛愎自用，不納臣下之進言，以致於上下不一心，臣不得君之所用。
〈臨高臺〉	陳沆認為「疑為武帝浮江時所作」。
〈將進酒〉	陳沆認為「此燕飲之詩也，賦詩贈答，以禮勸酬，無沈湎之失焉。疑亦武帝柏梁賦詩時事。」
〈朱鷺〉	諷刺漢代的御史不能善盡伺察糾舉。
〈翁離〉	思賢者在位。
〈思悲翁〉	此篇舊無說。莊氏謂漢人傷高祖誅滅功臣之詞，未審然否。
〈芳樹〉	莊述祖曰：「刺時也，衰世好拂其性，以妾為妻，上無以化下。君子疾其無心焉。」未審然否。
〈上邪〉	忠臣受到讒言之害，而發出嚴正而激烈的誓詞。以此詩明志，並盼望能得到君王的信任。
〈有所思〉	藉著藩國之臣的口吻，為七國之亂做出了負面的評述：宗室之國，親如弟兄，豈可兵戎相向。尤其中國為兄，且居正統之尊，諸國興兵犯上，於理無據。

三、《詩比興箋》對〈鐃歌〉十八曲的箋注之檢討

　　《詩比興箋》是繼莊述祖《漢鼓吹鐃歌曲句解》之後，對〈鐃歌〉十八曲所作的全面句解分析著作。所以相對於莊述祖的句解，陳沆不僅由莊述祖處繼承，並有著更多的補充與批評，資料的考證更為豐富。

　　但是，〈鐃歌〉十八曲研究最困難之處，卻是在於原始資料的散失與錯亂，如果對於原始資料的掌握並未更見充分，但卻在外圍論證不斷提出的情況下，反而容易產生更多額外不相干的枝節，距離事實越來越遠，而這也是陳沆《詩比興箋》中的說法較令人疑慮的部份。以下就《詩比興箋》中對〈鐃歌〉十八曲的箋注之優缺點逐項列出討論。

　　在優點方面：

（一）補足莊述祖《漢鼓吹鐃歌曲句解》之缺

　　陳沆在《詩比興箋》卷一的前言就已經明言，作〈鐃歌十八曲箋〉的目的之一即是為了「正其條貫」。〔註44〕因為陳沆認為，莊述祖的句解有著「臆鑿傅會」〔註45〕、「詮義淺近」〔註46〕的缺失，所以在箋注中力求彌補莊氏之誤。

　　陳沆當然也是肯定莊述祖《漢鼓吹鐃歌曲句解》中的大多說法，所以才會以該書為補足的對象。因此，不論對莊氏的說法是否認同，陳沆在各篇箋注時，多會先引《漢鼓吹鐃歌曲句解》之說法，再論己意。所以，陳沆的《詩比興箋》中之〈鐃歌十八曲箋〉可謂是莊述祖《漢鼓吹鐃歌曲句解》的修訂之作，也為補充了《漢鼓吹鐃歌曲句解》的部份缺失。

（二）對〈鐃歌十八曲〉的內容有更多元的客觀認識

　　陳沆雖然將〈鐃歌十八曲〉主要分成兩大類，但這兩大類並不是

〔註44〕相關內容見本節一：「箋注之動機」。
〔註45〕同注10。
〔註46〕同注10。

簡單地就來源，或是功能為劃分依據，而是以綜合分析的方式，使兩類不論以何種歸類方式，都能清楚的界定。

功能方面而言，「鐃歌正曲」是宮廷的頌德、祭祀樂章；「雜曲諷刺」是各地的刺時之作。接著，就來源方面而言，「鐃歌正曲」是直接作於朝廷；「雜曲諷刺」是采自民間各地。最後，就雅俗方面而言，「鐃歌正曲」是屬於官方的「雅樂」；「雜歌諷刺」是屬於民間的「俗樂」。〔註47〕

陳沆將〈鐃歌〉一類，依據各種觀點分成兩類，所呈現的是一種客觀的認識態度。因為漢樂府詩〈鐃歌〉流傳已久，且採集的來源又廣，更無樂譜可在旋律方面做對照，所以後人整理起來難免會有拼湊誤合的可能。因此，陳沆雖僅分成兩大類，但在各種歸類方式卻都能兼顧而不死守一格。由於此一體認，他在內容方面也採多元並存的客觀研究方式，使得〈鐃歌〉十八曲有著活潑的多面展現，不因「鐃歌」之名而死守一義，並作穿鑿附會的工作。〔註48〕

當然，這只是就其大概分類之優點說明，值得肯定的是作者在分類方面所兼顧面較為寬廣。而其中細分下的一些尚待商榷之處，將在下一單元討論。

以上兩點是陳沆《詩比興箋》中箋注〈鐃歌十八曲〉的主要優點。以下是筆者認為陳氏箋注中的一些尚待商榷的缺失。

（一）分類執行錯亂

上一單元在討論陳沆對〈鐃歌〉十八曲箋注的優點時，筆者曾提到「歸類清楚」是其優點之一。而現在又提出「分類執行錯亂」是其

〔註47〕此處所謂的雅俗之別，並非指作品的所屬官署有別（此處所云雅、俗二樂皆隸屬於樂府，為俗樂機關。詳見第三章第二節），而是指作者身分與作品來源。

〔註48〕如夏敬觀先生作《漢短簫鐃歌注》時，因受制於「鐃歌」即是「古軍樂」的先決因素，使得他在為〈鐃歌〉十八曲作注時，處處以軍樂的「結論」去找尋一些穿鑿附會的證據。詳細內容請參見本章第五節。

缺失，這二者之間似乎存在著矛盾關係。事實上，筆者上一單元所謂
「歸類清楚」是指陳沆將〈鐃歌〉十八曲歸爲兩大類的原則相當明瞭，
並具有綜合分析的科學性。但是在該部份亦指出「而其中細分下的一
些尙待商榷之處」，留待本單元說明的伏筆。而所謂「細分」，即是在
這兩大類的原則下，所分析出來的篇章屬性。所以，二者是有依附的
關係，但筆者肯定其分類大原則，卻認爲其大原則分類之下所執行的
「細分」是有所錯亂，故尙待商榷。

　　在「鐃歌正曲」的敘述功德、朝廷宴會部份，陳沆的《詩比興
箋》列了四曲。但是如果在細讀陳沆對〈鐃歌〉十八曲的箋注之後，
會發現其中列於「雜謠諷刺」的〈臨高臺〉和〈將進酒〉應當歸入
「正曲」部份較爲合理。因爲〈臨高臺〉在陳沆的箋注時說明爲「游
宴頌美之詞」，〔註49〕而游宴頌美之詞就當歸入「鐃歌正曲」之列，
可是陳沆卻遺漏了。歸其原因，應該是在該篇前提要所說的「江草
香蘭，非西京事。疑武帝南巡時所作」的理由。但是，「非西京事」，
卻是寫「西京人（帝王）之事」，內容所述，也是和宮廷游宴一般
的風格。另外，雖非作於宮廷，卻也不是南方的民歌風格，所作之
人當是隨武帝南巡的人員。所以，不論依據哪一個理由，本篇都不
屬於「雜謠諷刺」之列。

　　〈將進酒〉也應屬於「鐃歌正曲」，由本節中所引陳沆《詩比興
箋》中的提要，可知爲「疑亦武帝柏梁賦詩」的君臣「賦詩贈答」、「以
禮勸酬」的「燕飲之詩也」。這些條件均合於陳沆「鐃歌正曲」的要
求，但卻又置之「雜謠諷刺」之中。

　　除此之外，所謂「雜謠諷刺」，就是陳沆所謂的「餘十三曲，
則雜有淮南、齊、楚之謠，諷刺之什」。但如果就陳沆的箋注，將
這十三曲細作分析，則並不是如此。以下筆者列表重新整理說明：

〔註49〕見本節所列陳沆《詩比興箋》中，〈臨高臺〉之提要。

	曲　目	創　作　地　區	內　容　主　旨
1	巫山高	南方（吳、楚風謠）	憂吳、楚七國之事。
2	戰城南	北方（塞上之地）	戰士痛死亡之苦，而思良將帥也。
3	有所思	南方（吳、楚之國）	藩國之臣，不遇而去。自攄憂憤之詞。
4	雉子斑	不明	刺時也，上以爵祿誘士，士以貪利罹禍。故賢者思遯世遠害。
5	艾如張	不明	刺時也，法網苛細，反漏吞舟。
6	君馬黃	不明	刺上下不一心。
7	朱鷺	不明	刺漢代御史不稱其任。
8	翁離	不明	思賢者在位，以引賢者並位。
9	思悲翁	不明	漢人傷高祖誅滅功臣。
10	芳樹	不明	刺時也，衰世好惡拂其性，上無以化下。故君子疾其無心焉。
11	上邪	不明	忠臣被讒自誓之詞。
12	臨高臺	武帝南巡之地	游宴頌美之詞。
13	將進酒	長安（宮廷之中）	燕飲之詩。

　　表中只有一至三項的〈巫山高〉、〈戰城南〉、〈有所思〉足以稱爲「雜謠諷刺」類；另外四至十一類根本不知做於何地，只是存有「諷刺之什」的條件；最後〈臨高臺〉和〈將進酒〉兩首已經討論過，完全不屬於「雜謠諷刺」之類。所以，十三曲中，完全符合陳沆自己定的條件規範者，僅有其三而已。

　　由以上的分析說明，顯示了陳沆《詩比興箋》對〈鐃歌〉十八曲雖有分類準則，但在執行方面卻有所背離。

（二）多臆測無據之例

　　陳沆《詩比興箋》中對〈鐃歌十八曲〉做箋注的共有十六首，〔註50〕這十六首中，陳沆表示懷疑、臆測的的篇章有九篇，佔了一

〔註50〕陳沆在《詩比興箋》中除了〈石流〉「不可復話」外，〈上邪〉也只做提要說明，並無箋注。

半以上。顯示陳沆以莊述祖《漢鼓吹鐃歌曲句解》爲底本展開或同意、或駁斥的解釋方式有著更多的不確定性，所以在這一方面反而未見後出轉精的成果。

陳沆產生懷疑、臆測的詩篇共有〈巫山高〉、〈雉子斑〉、〈艾如張〉、〈君馬黃〉、〈臨高臺〉、〈將進酒〉、〈思悲翁〉、〈芳樹〉、〈有所思〉九篇。有懷疑內容主旨、臆測創作時間，以及引用莊述祖《漢鼓吹鐃歌曲句解》之說並懷疑之三類。

1. 懷疑內容主旨者

（1）〈巫山高〉　陳沆曰：「此『似』憂吳、楚七國之事。」

（2）〈君馬黃〉　陳沆曰：「『疑』刺武帝予智自雄，不能下賢納諫之詩。」

（3）〈有所思〉　陳沆曰：「此『疑』藩國之臣，不遇而去，自攄憂憤之詞也。」

2. 臆測創作時間者

（1）〈雉子斑〉　陳沆曰：「『疑』亦武帝時詩。」

（2）〈艾如張〉　陳沆曰：「『疑』亦武帝時詩。」

（3）〈臨高臺〉　陳沆曰：「『疑』武帝南巡浮江時所作。」

（4）〈將進酒〉　陳沆曰：「『疑』武帝柏梁賦詩時事。」

3. 引用莊說並懷疑之者

此一部份是陳沆並無提出看法並箋注，全篇引用莊述祖《漢鼓吹鐃歌曲句解》所述，但又懷疑莊述祖的句解。共有〈思悲翁〉、〈芳樹〉二曲。

（1）〈思悲翁〉　陳沆曰：「此篇無舊說。莊氏謂漢人傷高祖誅滅功臣之詞，『未審然否』。」

（2）〈芳樹〉　陳沆曰：「莊述祖曰：『刺時也，衰世好惡拂其性，以妾爲妻。上無以化下，君子疾其無心焉。』『未審然否』。」

　　根據以上的分列說明，可見陳沆《詩比興箋》中對〈鐃歌〉十八曲的箋注有超過半數的不確定性。而且這種不確定涵蓋內容、創作時間、以及引用之處等各方面，這對於一部研究著作而言，是一大缺憾。

　　陳沆以「鐃歌正曲」和「雜謠諷刺」兩個相對的風格爲〈鐃歌〉十八曲做分類，並肯定其中游宴、歌頌功德的四首爲「正曲」；其餘相對諷刺性的地區歌謠爲「取其音節，充備散曲而已」。顯然是認爲「鐃歌」一組雖存「十八曲」，但十八之數是雜合而成，眞正屬於「鐃歌」的只有其中四曲「正曲」而已。

　　另外，陳沆《詩比興箋》中箋注〈鐃歌〉十八曲的動機主要是受到莊述祖《漢鼓吹鐃歌曲句解》的影響，所以筆者在此依陳沆所排之篇序，列表比較二者的說法與關係作爲本節的結束。

	篇 名	《漢鼓吹鐃歌曲句解》	《詩比興箋》	陳沆對莊說之態度
1	聖人出	頌高祖即位之詩	歌述宣帝起自民間之事	駁莊說
2	上陵	言神仙瑞應之事	言神仙瑞應之事，蓋上世祖陵所作。	未予置評（但大略與莊說同）
3	上之回	紀巡狩也	詠述宣帝時，單于來朝	未予置評
4	遠如期	詠述宣帝時，單于來朝	詠述宣帝時，單于來朝	未予置評（但大略與莊說同）
5	巫山高	指頃襄王圖周室之事	憂吳、楚妻國之事	駁莊說
6	戰城南	戰士痛死亡之苦，而思良將帥也	戰士痛死亡之苦，而思良將帥也	未予置評（但大略與莊說同）
7	雉子斑	刺時也，上以爵祿誘士，士以貪利罹禍。賢者思遯世遠害	刺時也，上以爵祿誘士，士以貪利罹禍。賢者思遯世遠害	同意，並引用之
8	艾如張	戒田獵之詞	刺時也，法網苛細，反漏吞舟	駁莊說
9	君馬黃	君臣從欲，車馬不得休息	刺上下不一心	駁莊說

10	臨高臺	諫亂也	武帝南巡，游宴頌美之詞	駁莊說
11	將進酒	賦詩贈答，以禮勸酬，無沈湎之失	賦詩贈答，以禮勸酬，無沈湎之失。疑亦武帝柏梁賦詩時事	引用並補充之
12	朱鷺	刺上以利祿馭士	刺御史之失職	駁莊說
13	翁離	思賢者在位，則引其類與並進	思賢者在位，則引其類與並進	同意，並引用之
14	思悲翁	漢人傷高祖誅滅功臣	漢人傷高祖誅滅功臣	引用，但未置可否
15	芳樹	刺時也，衰世好惡拂其性，上無以化下。君子疾其無心焉	刺時也，衰世好惡拂其性，上無以化下。君子疾其無心焉	引用，但未置可否
16	上邪	男慰女之詞	忠臣被讒自誓之詞	駁莊說
17	有所思	刺衰世之俗，男女私誓而輕絕	藩國之臣，不遇而去。自攄憂憤之詞	駁莊說
18	石流	未解（有其聲而辭失傳）	未解（聲辭久湮，不可復詁）	二者均無立說

第四節　王先謙《漢鐃歌釋文箋正》的「原其肇體，各有指歸」之主張

一、《漢鐃歌釋文箋正》的箋正動機

　　王先謙在《漢鐃歌釋文箋正》的序言中云：

　　　昔陸機賦云：「原鼓吹之所始，蓋稟命於黃軒。」俌漢樂之元胎也。登於崔豹之注，〔註51〕標於劉昫之篇。〔註52〕沿演於繆襲、韋昭，〔註53〕其辭備志於沈約。眩眩乎、雕雕

〔註51〕即爲《古今注》。
〔註52〕《文心雕龍·樂府》云：「至於軒歧鼓吹，漢世鐃挽，雖戎喪殊事，而並總入樂府。」
〔註53〕《樂府詩集·鼓吹曲辭一》云：「漢有〈朱鷺〉等二十二曲，列於鼓

乎文章之體要。

此段所述即爲說明〈鐃歌〉十八曲選入《宋書‧樂志》，並定其篇爲十八之過程。但是，爲何漢代並未見收錄〈鐃歌〉十八曲的資料？王先謙將這個責任歸咎於撰寫《漢書》的班固。因爲漢經秦火之後，《樂經》亡佚，使得漢人無法習得完整的「古鐃歌」，王先謙在該序又云：

> 但聞其鏗鎗，眾庶無由以風諭。〔註54〕雖有眾製，淪於鄭聲。誼既罕明，傳亦不廣。……迺〈漢志〉所載，窘於篇卷，……煌煌樂章，塵錄〈房中〉、〈郊祀〉。

因此，王先謙認爲〈鐃歌〉的確是存在著僅記其音，而不明其義的現象，而且後世（漢代）所作、或所仿，已與〈鐃歌〉原旨相距甚遠。所以班固在作《漢書》時，就將這些不明其義、或漢代所作、所仿的的〈鐃歌〉排除不錄，使得後代「好古之士，若涉海而無津」。〔註55〕所以，王先謙認爲，秦火是造成古鐃歌亡佚之因；班固《漢書》捨棄漢代所傳的鐃歌是造成今傳漢〈鐃歌〉十八曲難解的主因。亦即，倘若《漢書》錄下〈鐃歌〉十八曲，就可能早在漢代就有學者研究、箋注。而且這些學者距漢未遠，所作的箋注、解釋必定較爲符合事實。

可惜，《漢書》不錄，延及沈約《宋書》已相隔數百年。後世學者就算有心研究，時空條件已大不如惜。所以王先謙才會大嘆「孟堅之隘也」。〔註56〕

吹，謂之〈鐃歌〉。及魏受命，使繆襲改其十二曲，而〈君馬黃〉、〈雉子斑〉、〈聖人出〉、〈臨高臺〉、〈遠如期〉、〈石留〉、〈務成〉、〈玄雲〉、〈黃爵〉、〈釣竿〉十曲，並仍舊名。是時吳亦使韋昭改製十二曲，其十曲亦因之。」

〔註54〕〈漢書‧禮樂志〉曰：「漢興，家有制氏，以雅樂聲律世世在大樂官，但能紀其鏗鎗鼓舞，而不能言其義。」王先謙引本段文字，又在之前引「蓋橐龠命于黃軒」，是將所謂的「鏗鎗鼓舞」視爲漢前的「鐃歌」，故以下以「古鐃歌」稱之。

〔註55〕見王先謙《漢鐃歌釋文箋正‧序》。

〔註56〕同本節註5。

　　但是，這樣的嘆息只表示班固的闕漏造成後世研究的困難，並非表示後代學者無法越過宋書而探求〈鐃歌〉十八曲原始動機與本事。王先謙在該序又言：

> 昔〈禹碑〉辨於沈鎰，〈石鼓〉繹於楊慎。非其明識遠過古人，正由心力專精，迺復渙釋。蒙今所作，竊有慕焉，亦管子所謂：「思之思之，鬼神通之」者與。

所以，王先謙相信：因為班固《漢書》的遺漏，使得〈鐃歌〉十八曲的研究，在源頭就產生斷裂。《漢鐃歌釋文箋正》的寫作動機是為了補足班固《漢書》造成的〈鐃歌〉十八曲研究的空白，並且相信時代久遠所產生的隔閡是可以用「苦學」的方式加以彌補。因此，王先謙的《漢鐃歌釋文箋正》是基於相信〈鐃歌〉十八曲「原其肇體，各有指歸」，〔註 57〕於是試圖將各篇之作的緣由、本事一一考證。此即為王氏《箋正》的動機。

二、《漢鐃歌釋文箋正》的方法說明

　　王先謙《漢鐃歌釋文箋正》內容主要分為兩部份：釋文和箋正。

　　在釋文方面，主要是引吳兢《樂府古題要解》的說明。〔註 58〕

　　然而，吳兢《樂府古題要解》中，僅錄〈上之回〉、〈戰城南〉、〈巫山高〉、〈君馬黃〉、〈芳樹〉、〈有所思〉、〈雉子班〉、〈臨高臺〉，以及今已不存的〈釣竿〉共九曲。所以，其餘十曲的釋文並非引申自《樂府古題要解》，當是王先謙自己所推論考證而得。

　　至於箋正部分，王先謙《漢鐃歌釋文箋正·序》中作如下說明：

> 義訓所存，又皆博采諸書，折衷至當。字比句節，必求根據。兼參眾說，敬述前聞，各題姓氏，以相甄識。一義之長，必歸蒐納，旨乖於文，亦不悉記。經日累月，遂為巨觀，作箋注。

〔註 57〕同本節註 5。

〔註 58〕王先謙《漢鐃歌釋文箋正·序》中云：「爰借德明《經典》之目，引申吳兢《解題》之旨作釋文。」

所以王先謙的箋正是來自於前人的研究累積，並加以整理，去蕪存菁。而且不敢掠美前人，出處、解者，皆有所注明，並相互比較、擇取。在該序的最後，王先謙交代箋正之作，實乃創始於其弟──王先恭。故又云：

> 是篇之作，創始於胞弟先恭。弟天資高邁，攻苦尤絕，常為予舉似鐃歌奧義，思所以爬羅而剔抉之。己巳判襟以還，每得創解，郵寄京華，互相質證。甫經創稿，隨復怛化。今曲中於弟所箋正者，仍用「先恭曰」、「先恭案」以別之。未盡者補之義，未明者闡之要，皆由弟神悟所導先路，洞然觸類引申。

所以王先謙的《漢鐃歌釋文箋正》中的箋正是肇基於王先恭，然後加以前人的創見，取信去誣，再鎔鑄自己的看法而成。

另外，關於王先謙對〈鐃歌〉十八曲的看法與分類方式：即認為每首皆有所發，所以都有本事可考。所以他也是憑著這個信念從事箋正的工作。而在分類的處理方面，王先謙的看法如下：

> 由今觀之，〈思悲翁〉、〈戰城南〉、〈巫山高〉、〈有所思〉，〈藝文志〉之〈漢興以來兵所誅滅歌詩〉〔註59〕也；〈上之回〉、〈將進酒〉、〈臨高臺〉、〈遠如期〉，〈出行巡狩及游歌詩〉〔註60〕也，在〈鐃歌〉內者也。〈聖人出〉，〈泰壹雜甘泉壽宮歌詩〉〔註61〕也，在〈鐃歌〉外者也。其餘九篇，亦皆名仍舊曲，妻易新辭，……非軍樂也。〔註62〕

經由這一段引文，我們可得知王先謙對〈鐃歌十八曲〉的分類見解可列表如下：

〔註59〕《漢書・藝文志》中〈詩賦略〉記載：「〈漢興以來兵所誅滅歌詩〉十四篇。」

〔註60〕同註9，〈詩賦略〉云：「〈出行巡狩及游歌詩〉十篇。」

〔註61〕同註9，〈詩賦略〉云：「〈泰壹雜甘泉壽宮歌詩〉十四篇。」

〔註62〕同本節註五。

鐃歌十八曲	原辭原曲	漢興以來兵所誅滅歌詩	思悲翁 戰城南 巫山高 有所思	鐃　歌
		出行巡狩及游歌詩	上之回 將進酒 臨高臺 遠如期	
		泰壹雜甘泉壽宮詩	聖人出	非鐃歌
	舊曲易新辭	存舊題、舊曲而易新辭	朱鷺、艾如張、擁離、上陵、君馬黃、芳樹、雉子班、上邪、石留	

　　由上表可知，十八曲中，屬於鐃歌者未及一半。王先謙以為肇因
於沈約〈宋書‧樂志〉收錄時不察，並未仔細分辨出來，而後世學者
又以訛傳訛所造成。因此，王先謙云：

　　　　十八曲不皆〈鐃歌〉，蓋樂府存其篇名，在漢時已屢增新曲，
　　　　實為後代擬樂府之祖，〈朱鷺〉、〈上陵〉諸篇，其確證也。
　　　　《宋書》既已沿譌，仍統名〈鐃歌〉以存其舊。

所以，就王先謙作《漢鐃歌釋文箋正》中，對〈鐃歌〉十八曲的分類
可依層次說明如下：（一）第一層：〈鐃歌〉與「非鐃歌」。（二）第二
層：原來各自所屬之類別。而關於這兩個分類層次的詳細內容，將列
於下一單元介紹。

三、《漢鐃歌釋文箋正》的分類說明

（一）〈鐃歌十八曲〉中屬於〈鐃歌〉者

　　前文已經說明：〈鐃歌十八曲〉中真正屬於〈鐃歌〉者，僅佔八
首，且這八首又分別隸屬於「〈漢興以來兵所誅滅歌詩〉十四篇」及
「〈出行巡狩及游歌詩〉十篇」之中。所以，本單元將先此八首歸入
此二類，再依照《漢鐃歌釋文箋正》的說明一一介紹。另外，因為王
先謙研究〈鐃歌〉十八曲的的特殊之處在於「原其肇體，各有指歸」

的主張，所以筆者在說明介紹時，也著重在王先謙所考證每篇作品的
創作原旨、作者及時代等。

1. 屬於〈漢興以來兵所誅滅歌詩〉者

共計有〈思悲翁〉、〈戰城南〉、〈巫山高〉及〈有所思〉四篇。
以下採用表格示之：

曲　名	王先謙《漢鐃歌釋文箋正》所述之主旨大義
〈思悲翁〉	這是一首悲漢王劉邦之父及呂后爲楚軍所獲之歌。「翁」當爲老人之稱，即太公；「美人」當指呂后。至於作者，王先謙認爲「軍士、將士因高帝悲思其親，作歌以述其情」。〔註63〕
〈戰城南〉	本詩一方面類同於〈思悲翁〉，爲漢軍追述敗於彭城之慘狀，並歌當時饑迫之窘境，傳之後世以示開國之艱；另一方面，歌詠戰死之士兵，以慰其毅魄。
〈巫山高〉	由范目招募賨民效力於高祖。因長年征戰，故於定秦之後，思鄉欲西歸，〔註64〕遂作歌抒懷。
〈有所思〉	漢軍破南越之前，將士因即將凱旋而作。

2. 屬於〈出行巡狩及游歌詩〉者

共計有〈上之回〉、〈將進酒〉、〈臨高臺〉、〈遠如期〉四篇。
以下採用表格示之：

曲　名	王先謙《漢鐃歌釋文箋正》所述之主旨大義
〈上之回〉	意在耀武，故一時從臣稱頌如此。
〈將進酒〉	本詩是作於武帝元封五年，內容是爲祭祀虞舜。
〈臨高臺〉	表面上記游之事，實則巧妙地暗諷武帝之失。
〈遠如期〉	記敘呼邪韓單于入朝之事。

（二）〈鐃歌十八曲〉不屬於〈鐃歌〉者

王先謙認爲「〈十八曲〉不皆〈鐃歌〉」。實際上，許多的樂曲經過長時間的流傳，或多或少都會被人們因一時的情感觸發、或是紀錄

〔註63〕見王先謙《漢鐃歌釋文箋正》中，〈思悲翁〉之釋文。
〔註64〕王先謙箋正曰：「自東歸西，亦曰東歸。〈東山〉（《詩經·豳風》）之詩曰：『我來自東』，又云：『我東曰歸』。非自東歸西亦謂之東歸乎。」

的訛誤、或是刻意的修改、增減，而使得歌詞和樂譜產生變化。因此，沈約在收錄〈鐃歌〉十八曲時，僅能由篇名推其是否爲〈鐃歌〉，而無法辨別每一曲的歌詞在當時和數百年前有何差異。因此，《宋書・樂志》在辨別收錄〈鐃歌〉時，只得將當時所能取得的漢代歌曲中，曲名屬於〈鐃歌〉之列的就集中收錄，共得十八首，故世稱此十八首爲「〈鐃歌〉十八曲」。〔註 65〕

　　茲因是故，所以王先謙認爲當世所傳的〈鐃歌〉十八曲不盡爲〈鐃歌〉。抱持著這種理念，王氏作《漢鐃歌釋文箋正》時，詳加考證，推得〈鐃歌〉十八曲中屬漢〈鐃歌〉者，僅得八曲，其餘十曲，皆非鐃歌。〈鐃歌〉八曲，上一單元筆者已就王氏的看法做了大略介紹說明。本單元將就其餘十曲的「非鐃歌」一一提出說明。

　　所餘十曲之中，又可就內容旨要分爲三類：〔註 66〕1.頌美歌詞；2.諷刺之詞；3.感懷爲詩。

　　以下依此三類之分，根據王先謙《漢鐃歌釋文箋正》的說法，依序將各曲整理說明。

1. 屬於頌美歌詞者

　　共有〈上陵〉、〈君馬黃〉二曲。

　　以下採用表格示之：

曲　名	王先謙《漢鐃歌釋文箋正》所述之主旨大義
〈上陵〉	作歌者頌陵津之美，應有仙人來游，以諷宣帝。
〈君馬黃〉	本詩是描述武帝病癒，而由幸甘泉之經過。此詩雖起於祭祀，但大多著重於描寫武帝游幸甘泉時的隊伍之壯大，車馬之華麗，深得武帝好大喜功之心。

2. 屬於諷刺之詞者

〔註 65〕此一說法乃依王氏的論點而推，並非確論。
〔註 66〕因爲「非鐃歌」十首的來源並無系統，所以只能將各曲的內容主旨作分類，而無法像「鐃歌」八首依據各類的屬性做出分類，所以在整體分類標準上，產生細則之處不一致的狀況。

共有〈朱鷺〉、〈艾如張〉、〈擁離〉、〈雉子班〉四曲。

以下採用表格示之：

曲　名	王先謙《漢鐃歌釋文箋正》所述之主旨大義
〈朱鷺〉	這是一篇刺時之歌，藉由朱鷺起興，訴說官吏之貪惡，人民之苦不堪言。而〈朱鷺〉本有此曲，且「朱鷺」的形象在當時是「禽之至仁者」，〔註67〕所以才藉此以「仁禽」起興，對照反諷時局。
〈艾如張〉	此刺武帝之縱獵也。
〈擁離〉	本事為諷刺武帝開闢、建造上林苑，造成原本富饒、草木茂盛的民地消失，使得人民無以為業，而有饑寒之憂。
〈雉子班〉	這是一首藉著雉責其子為弋人所得，害其父母因愛子心切而隨之併入網羅之事，諷刺當時王宮貴族競相田獵嬉戲。

3. 屬於感懷為詩者

共有〈君馬黃〉、〈芳樹〉、〈上邪〉、〈石留〉四曲。

以下採用表格示之：

曲　名	王先謙《漢鐃歌釋文箋正》所述之主旨大義
〈君馬黃〉	此詩為枚乘所作，其用意在抒不遇之懷，感慨吳王剛愎而不納諫，終釀七國之亂。
〈芳樹〉	本事乃出於藩國之事，文中感懷悲歌的成分大於諷刺，是為愛國之人，失望離去而作。
〈上邪〉	本篇為忠臣不見知於君而作，但又割捨不下君王，故只得呼天為誓，一以明志，一以發抒感懷。至於本辭的作者和本事，王先謙認為是賈誼出為長沙王太傅時作。
〈石留〉	本篇為蘇武對李陵的處境轉變所發之感嘆，文中以許多對比的方式呈現李陵的今昔相對，產生重大的落差。

四、《漢鐃歌釋文箋正》對〈鐃歌〉十八曲的箋釋之檢討

王先謙的《漢鐃歌釋文箋正》對〈鐃歌十八曲〉的探索方式，可

〔註67〕王先謙在本篇箋正又云：「《詩》疏：『鷺，水鳥，性食魚。朱鷺，禽之至仁者』。」

謂廣蒐史料，肇基於前人的基礎，並花費甚多的功夫在考證、尋找本事與作者上。這樣的用功，自然是值得肯定。只是，〈鐃歌〉十八曲的內容幾乎在千年以前就成了懸案，千餘年後的王先謙，是否就能憑著史籍資料的對應，理出各曲的人、事、時等創作元素，是我們所當注意與深究的。

當然，深究的態度並不等於否定。王先謙《漢鐃歌釋文箋正》對〈鐃歌十八曲〉的探究重點既然在於考證本事，所以在檢討這一部學術作品的得失之處，就必然以此為評判重點了。

首先討論《漢鐃歌釋文箋正》的優點：

（一）以漢代為音韻考證的中心

王先謙自己在本書的創作前言即表示：本書的創作動機一方面是來自其弟王先恭生前研究的累積與觸發，為了尊重王先恭的成就，所以在屬於王先恭的看法與見地的部分，一律加上「先恭案」。〔註68〕

因為王先恭對〈鐃歌〉十八曲的研究重點幾乎全在於音韻的考證方面。所以，本單元所指「客觀的音韻考證」之優點，可以說是王先恭的成就。〈漢鐃歌釋文箋正・序〉云：

> 自陸法言作均書，於是有音同均異。若「東、冬、鍾」、「魚、虞、模」、「庚、耕、清、青」、「蒸、登」之部，斷斷乎不能相雜。匪獨古書未有，抑亦漢魏所無也。……〈鐃歌〉，漢詩也，不得以沈均讀之，故於古音多所考證。自古音漸盡，讀古者多委之叶，鮽非古也。

王先謙界分了中國的韻書和中國的音韻之間的差距。韻書對聲韻的研究歸類是由隋代的陸法言開始，後世學者對聲韻的判斷，尤其是詩詞押韻的分析上，自然是採取隋代以後的研究成果與分類系統。這樣的處理方式，祇能用於隋代以後的韻文作品。況且漢魏詩歌，韻部的分列也不細緻，如果以沈約的繫聯、反切的方式主張「一簡之內，音韻

〔註68〕見王先謙《漢鐃歌釋文箋正・序》，且相關引文亦列於本節第二單元。

相殊；兩句之中，輕重悉異。妙達此旨，始可爲文。」〔註69〕的後來聲律規範去判讀漢〈鼓吹鐃歌〉，自然也是行不通。

　　〈鐃歌〉作於漢代，所用的韻腳自然是六朝以前的聲韻，所以王先恭在對〈鐃歌〉十八曲的斷句考韻時，特別以古音的研究，取代一般以今韻（隋代以降）的考察方式，自然是更近於漢代的聲音原貌，也必然在斷句上會更爲精確。

　　如〈朱鷺〉篇中的說明：在「訾邪」的「邪」字之下，註曰：

　　　　古詳於切，音「徐」。先恭案：《詩》：「莫黑匪烏，其虛其
　　　　邪」，「烏」、「邪」爲均。《爾雅》：「邪作徐」。

顯然，王先恭別韻的標準是以《詩經》、《爾雅》等唐前，甚至於漢前的詩歌用韻（如《詩經》），以及工具書（如《爾雅》）爲依據。又如〈遠如期〉中，在「遠如期」的「期」字之下，註曰：

　　　　韻補叶渠尤切。班婕妤〈自悼賦〉：「奉恭養於東宮兮託長
　　　　信之末流，共灑掃於帷幄兮終得永死以爲期。」期，音雠。

此例所舉，主要是顯示王先謙對〈鐃歌十八曲〉的用韻分析，採用的對照作品亦屬去漢末，以呈現漢代的聲韻共貌。

　　由上例簡而言之，王先謙的《漢鐃歌釋文箋正》對〈鐃歌〉十八曲的用韻考證，能夠留意音韻隨著時代變化的特性，所以在韻腳的掌握方面，全部採取以漢代爲中心的材料引證，而捨棄後代，尤其是唐代以後所推擬的音韻。這是深具說服力的一種引證方式。

（二）對〈鐃歌十八曲〉的收錄有客觀的見解

　　對於沈約《宋書・樂志》所收錄的〈鐃歌〉十八曲，歷來學者討論甚多。有許多的探討重點是集中於爲何收錄此十八曲？這十八首之間是否有共通性？十八曲是否眞的是爲軍樂？這樣的問題，造成了後代研究者相當多爭議，並產生各種推論與臆測。所以有人以爲十八曲

〔註69〕詳見《宋書・謝靈運傳》。又沈約作有《四聲譜》，大致爲探討聲律之旨，但今已不傳，其詳細內容並不得而知，所以王先謙所謂的「沈均」，無法詳細得知其內容。

乃雜湊而成，如陳本禮《漢詩統箋》云：

> 按今所傳〈鐃歌〉十八曲不盡軍中樂，其詩有諷，有頌，
> 有祭祀樂章。其名不見於《史記》，亦不見於《漢書》，惟
> 《宋書‧樂志》有之。似漢雜曲，歷魏晉傳訛，《宋書》蒐
> 羅遺佚，遂統歸之于〈鐃歌〉耳。

而後來的夏敬觀《漢短簫鐃歌注》以及今人蕭滌非《漢魏六朝樂府文
學史》均認爲《宋書‧樂志》所收錄的〈鐃歌〉十八曲是屬於同一類
的樂曲，而非雜湊。如黃孝紓在夏敬觀《漢短簫鐃歌注》的〈序〉云：

> 新建夏劍丞先生少治是書，……良以《春秋》復九世之仇，
> 王者大一統之義。虞幡睠矢，意在悍驚；贊鼓班斾，事非
> 黷武。

而夏敬觀又在該書云：

> 漢武樂不只〈鐃歌〉十八曲。

言下之意，〈鐃歌〉十八曲當是「漢武樂」無疑。且究其內容，篇篇
所注，均以爲是「揚德建武，勸士諷敵」之意（詳見本章帝五節說明）。
故夏敬觀先生認爲〈鐃歌〉十八曲全爲有系統的軍樂，而非雜湊。

今人蕭滌非更以漢代〈鐃歌〉的施用情形作考察，並舉出例證說
明〈鐃歌〉十八曲的特色即在於龐雜，故十八曲是全屬〈鐃歌〉之用，
而非雜湊。〔註70〕

〔註70〕蕭滌非《漢魏六朝樂府文學史》云：「李德裕〈鼓吹賦〉云：『厭桑
濮之遺音，感簫鼓之悲壯』，〈鐃歌〉既爲一種新興之胡樂，故漢時
特見風行，凡屬於人之事者，殆莫不用焉。舊云軍樂，實不盡然，
或從其始而言之也。如《樂府詩集》云：『自漢以來，北狄樂總歸鼓
吹署。其後分爲二部：有簫笳者爲〈鼓吹〉，用之朝會、道路，亦以
給賜，漢武帝時南越七郡皆給〈鼓吹〉是也。有鼓角者爲〈橫吹〉，
用之軍中，馬上所奏者是也。』……司馬相如〈上林賦〉：『千人唱，
萬人和。……巴渝宋蔡，淮南干遮，文成顛歌，旅居遞奏，金鼓迭
起，鏗鎗闛鞈，洞心駭耳。』則是田獵亦用之。《三輔黃圖》云：『漢
昆明池，武帝元狩四年穿，池中有龍首船，常令宮女泛舟池中，張
鳳蓋，建華旗，作櫂歌，雜以鼓吹，帝御豫章觀臨觀焉。』則是宮
中私游亦用之。《後漢書‧楊賜傳》：『及葬，蘭臺令史十人，發羽林
騎輕車介士，前後部鼓吹。』則知至東漢，雖喪葬亦用之矣。〈鐃歌〉

　　根據上述，我們可知一般研究者對〈鐃歌〉十八曲的組成或抱持全為軍樂，抑是雜湊，不然即是當時的鐃歌本屬於龐雜的廣泛用途等看法。雖然都可成一家之言，但在論證方面都有所不足。

　　王先謙在《漢鐃歌釋文箋正》中對〈鐃歌十八曲〉組成有較為深入且客觀的看法。基本上，王先謙仍然是抱持「雜湊」的看法，但是他認為所謂的「雜湊」並非是任意拼湊而成，其所以合為十八曲，皆有淵源。

　　〈鐃歌〉十八曲中，屬於〈鐃歌〉者有八首，其餘十首均非〈鐃歌〉。其中「非鐃歌」十首何以為沈約所收錄，王先謙大致均有說明，故在此不在贅述。所以王先謙的《漢鐃歌釋文箋正》中的優點之一，即是能將爭議已久的〈鐃歌〉十八曲之組成，提供一個詳細而全面的客觀意見。

　　另外，王先謙《漢鐃歌釋文箋正》中亦存在一些尚可再商榷之處。

（一）同名異類樂辭的歸類過於主觀

　　所謂的同名異類樂辭，就是在〈鐃歌〉十八曲中有和其他類別的歌辭之名相同。在〈鐃歌〉十八曲中，計有〈上陵〉、〈遠如期〉、〈有所思〉三首，與漢代的〈食舉曲〉同名。因此，王先謙說：

> 〈上陵〉，舊食舉曲，因上陵而名，〈藝文志〉之宗廟歌也，
> 壹變而神仙矣，猶非軍樂也。〈遠期〉、〈有所思〉列於太樂
> 食舉曲，亦宗廟歌詩也，壹變而為軍樂者矣。

根據王先謙的說法，不論是是已佚歌詞與歌曲的〈上陵〉，或是直接採用原來詞曲的〈遠如期〉和〈有所思〉，它們都是由〈食舉曲〉轉變為〈鐃歌〉。事實上，不論是〈食舉曲〉或是〈鐃歌〉，這些歌詞的切確年代已難準確的察知，所以我們根本就難以肯定孰先孰後。也就是說，上述三曲到底是先作於〈食舉〉，而後才轉入〈鐃歌〉之用，

之施用，既如此其廣泛，則其內容自難求其一致，亦正不必求其一致也。……自今觀之，則此種龐雜之現象，不獨不足為〈鐃歌〉病，且適為〈鐃歌〉之特色焉。

或是先用於〈鐃歌〉，之後才引入〈食舉〉。〔註71〕這是一個關係到王氏的〈鐃歌〉十八曲部分本事與來源之論證能否成立的一大關鍵，但王先謙因為主觀的認定〈鐃歌〉中的詩篇形成於〈食舉〉之後，所以忽略了此問題。

（二）強行歸入本事

亓婷婷云：

> 還有人認為〈鐃歌〉每首之作，原皆有所發，所以都有本事可考。例如王先謙作《漢鐃歌釋文箋正》，就是本著這種立場，考證每篇作品的創作原旨、作者及時代等。事實上，這些作品的作者和年代很難定，如已佚的〈釣竿〉，根據崔豹《古今注》云：「〈釣竿〉，伯常子妻所作也。伯常子避仇河濱為漁父，其妻思之，每至河側，作〈釣竿〉之歌。後司馬相如作〈釣竿〉之詩，今傳於古曲中。」雖然〈古今注〉這樣明確的記載司馬相如有〈釣竿〉詩，但是否即為〈鐃歌〉所傳，則未敢肯定。伯常子妻作的〈釣竿〉之歌究竟如何，也無法考證。所以王氏這種求實態度，也增加了我們了我們欣賞上的一些困擾，因為並沒有立場為是為非。〔註72〕

雖然亓婷婷的這一段說明並非全然值得肯定，如文中認為「王氏這種求實態度，也增加了我們了我們欣賞上的一些困擾」。但就一位「欣賞者」而言，他所需要的並不是一個完整的背景資料，而是一個文本的藝術呈現，所以文中提出王先謙這種求實的態度反而會增加欣賞上的困擾，是一種多慮的態度。

但是，亓婷婷的看法如果稍微加以修正，把「欣賞者」這個對象改為「研究者」的話，就能夠呈現王先謙《漢鐃歌釋文箋正》強求本事的缺失。

〔註71〕關於〈上陵〉、〈遠如期〉、〈有所思〉三首究竟是先作於〈鐃歌〉或先成於〈食舉〉的問題，最早由亓婷婷提出。詳見亓婷婷所作《兩漢樂府詩研究》，學海出版社，民國69年3月初版，頁191～192。
〔註72〕同註71，頁192～193。

在本節一開始即提到，王先謙認爲〈鐃歌〉十八曲各有本事，並且相信採用「苦思」的方式是有可能解開〈鐃歌〉中一些千百年來學者所無法釐清的一些問題。所以他廣蒐史料，並用以配合〈鐃歌〉十八曲的內容，逐一一指出各篇的本事、主旨，甚至有些篇章的作者。

就學術的角度而言，能釐清千古之惑當然是一件好事。但是先決條件是：要有足以說服人的證據。可惜的是，王先謙《漢鐃歌釋文箋正》中的一些考證所持的證據都嫌單一，即不夠全面。如王先謙認爲〈上邪〉的作者爲賈誼去君自誓之詞。但考諸史籍，足以作此辭自誓的去國懷君之臣何其多，並無有力的證據說明非賈誼不足以作此辭。所以，一但提出論點，卻無力證支持的話，輕則令人一哂置之，重則令後世學者誤入歧途。

所以王先謙的追求本事態度，因爲不夠周延，所以使得後繼研究者產生兩種困擾：一是受其本事的說法所限，而無法開展研究的格局，二是多了一種證據薄弱的說法，而徒增驗證的困擾。

王先謙抱持認眞苦思的態度，完成《漢鐃歌釋文箋正》，提出「原其肇體，各有指歸」的主張，對〈鐃歌〉十八曲各篇的內容對諸史籍，詳加考證，是爲至今唯一將十八曲的本事、作者作出全盤說明的學者。然而，這樣的追求並提出本事的態度，雖不能不肯定王先謙的用功，但卻又失之牽強。所以，王先謙的《漢鐃歌釋文箋正》是一部值得肯定作者的用功與企圖，但態度上是需要再商榷的作品。

第五節　夏敬觀《漢短簫鐃歌注》的「揚德建武，勸士諷敵」一貫主張

一、黃孝紓綜論《漢短簫鐃歌注》的寫作動機與理想

夏敬觀的《漢短簫鐃歌注》完全是一本將〈鐃歌〉十八曲往「軍樂」的原始意涵作詮釋的一本「注作」。首先，黃孝紓在該書的序中直批吳兢、郭茂倩只重〈鐃歌〉十八曲的文采，卻忽視其自古以來所

賦予的實用責任——「揚德建武、勸士諷敵」〔註73〕並舉出夏敬觀在這一方面的獨到見解：

> 而吳兢、郭茂倩諸人又僅獵其華詞，未遑論列古意……新建夏劍丞先生，少治是書……就其所得爲之箋注。……夫鐃歌四義，闡發中郎，揚摧而陳，略可覩縷。……虞幡睽矢，意在憚驚，贊鼓班旆，事非黷武。

基本上，這一段序文提出了夏敬觀對〈鐃歌〉十八曲的兩個主要詮釋意見與做注的動機：

第一、〈鐃歌〉十八曲自從沈約記載下來之後，歷經吳兢的《樂府古題要解》、郭茂倩的《樂府詩集》等著作〔註74〕闡釋之後，反而走入文詞表現的考究、研究工夫，對於〈鐃歌〉十八曲的原始意義考究與闡揚，反而因爲執著於字句的限制，而未能有深入的研究。

第二、舉出蔡邕《禮樂志》〔註75〕所述，蔡邕將漢樂分成四品，並闡釋其四即爲「短簫鐃歌」。〔註76〕接著黃孝紓就其內容提出說明：「虞幡睽矢」和「贊鼓班旆」的確是爲了軍事目的，但其用意在於嚇阻敵人和提振軍心士氣，並非用以鼓勵窮兵黷武。並在例證中說明〈鐃歌〉十八曲爲軍樂的一貫思想下的多重功能。如〈翁離〉中所舉的「蘭」、「蕙」是內藏懷柔而非軍事高壓的手段；〈石留〉是宣揚有功而歸；〈上之回〉顯現邊疆的安寧；「上邪」用以託言外臣（邦）誓言服從之意。其餘尚有歌頌天子網開三面之德（〈艾如張〉）、勸詠戰士爲國犧牲，以成忠臣（〈戰城南〉）等詩篇。

〔註73〕此言出自劉昭《後漢書・禮儀志》注補引蔡邕〈禮樂志〉云：「漢樂四品，……其短簫鐃歌，軍樂也。其傳曰『黃帝、岐伯所作，以建威揚德，諷勸士』也。」

〔註74〕如《宋書・樂志》云：「聲辭豔相雜，不可復分」，又引景珣《廣記》曰：「言字訛誤，聲辭雜書」。郭茂倩《樂府詩集》引《古今樂錄》曰：「漢鼓吹鐃歌十八曲，字多訛誤」等。

〔註75〕同註73。又蔡邕《禮儀志》今已不傳，所見之資料爲《後漢書》所保留。

〔註76〕見註73。

以上歸納的兩個動機，一爲消極的避免學者因文字上的限制而未能進一步闡發〈鐃歌〉的原始精神；二方面夏敬觀又積極地身體力行，用實際研究的成果證明他個人對〈鐃歌〉十八曲的原始軍樂功能——「揚德建武、勸士諷敵」之一貫主張的可靠性。

二、黃孝紓對《漢短簫鐃歌注》的內容之分類

黃孝紓的〈序〉中，把夏敬觀的《漢短簫鐃歌注》，基於「揚德建武、勸士諷敵」的原則爲主軸，區分〈鐃歌十八曲〉的內容目的成四組並列舉說明。在該序中，黃孝紓提出：

〈翁離〉，「蘭」、「蕙」隱寓懷柔；〈石留〉，……〈上邪〉，「震雷」攷殊庭之受吏，則所謂揚威者此也。網開三面，天乙明仁，干化兩階，……「斑雉」以懷遠人；「黃雀」以喻小國；〈艾張〉，「礦室」軫念征徙九河；……軼提官隟，攜之頌，則所謂建德者此也。「蘭池」，〈芳樹〉時慨魚游；……〈巫山〉，「淮水」哀害梁之無歸；……皆于取亂侮亡，之中，寓武柔哀勝之意，則所謂諷敵者此也。震雷始乎曜電，暴炙先乎聲威，……悲翁蓬首，致奮同仇；梟母高飛，預操勝算；徘徊駑馬，識忠臣扞國之忱；太白乘時，習良巫申誓之典，則所謂勸士者此也。

由上所述，則知黃孝紓對於夏敬觀的〈鐃歌〉十八曲的解釋分爲：（一）揚威。（二）建德。（三）諷敵。（四）勸士共四類。〔註77〕

事實上，在夏敬觀的《漢短簫鐃歌注》，或是黃孝紓的〈序〉中，都沒有對「揚德建武、勸士諷敵」或「揚威」、「建德」、、「諷敵」、「勸士」的意思提出明確的說明。且夏先生在該注中只有對〈鐃

〔註77〕基本上，這四類分法就是將「揚德建武、勸士諷敵」再做區分：「楊德建武」就是「揚威」和「建德」；「勸士諷敵」就是「諷敵」和「勸士」。筆者採用黃孝紓之分類法乃基於以下理由：核對夏敬觀先生所作的注解、主張，確實與黃孝紓所區分的類別相吻合。所以黃孝紓對於夏先生的鐃歌分析之主張可謂知之甚詳，其分析夏《注》的類別也能充分反應夏先生的具體研究成果。故筆者認爲黃孝紓的分類說明已足以表現夏先生的鐃歌研究特色，所以不再另作類別歸納，而直採黃氏說法。

歌〉十八曲分析說明，並沒有提出分類意見，所以筆者僅就黃孝紓的〈序〉和夏敬觀的《注》中對〈鐃歌十八曲〉的解釋逐一分析。並依上述所分四類的主張，配合夏敬觀對各曲的內容所作的解釋，逐一說明。

（一）揚　威

分析黃孝紓的分類意識，則可推知其所謂「揚威」者，乃「揚軍威於邊」之意，因為在他的〈序〉中，對於夏敬觀所「注」的鐃歌中，共選取〈翁離〉、〈石留〉、〈上之回〉、〈上邪〉四首關於平定邊族之辭歸入「揚威」類。以下就夏敬觀先生在《漢短簫鐃歌注》對這四曲的解釋，列表大要說明於下：

曲　名	夏敬觀《漢短簫鐃歌注》所述之主旨大義
〈翁離〉	將經營、開發南方郡部比擬成築室一般，並以問答的方式生動地說出經營之道——以如蘭般的循吏治理之。
〈石留〉	敘說匈奴乃北方貧瘠之邦，且受大漢之德以化，豈敢再以干戈相向？其宣揚軍威於邊，並安撫軍心，提振士氣之意甚為明顯。
〈上之回〉	明頌宣帝，實則歌揚武帝立邊功蔭後世之跡也。
〈上邪〉	此辭以臣服國的立場，向中國宣示永久臣服，不敢分而自立之意。

以上四曲，在黃孝紓的分類中，皆屬「揚軍威於邊」的「揚威」類之〈鐃歌〉，雖其中偶有論及「德化」（如〈翁離〉強調以循吏治邊）異邦之意，但在夏敬觀先生的詮釋下，四曲之辭的主要共同精神都是強調對象是邊境國家或民族，並以軍威使之屈服，故深得〈鐃歌〉之辭旨。

（二）建　德

黃孝紓的〈序〉中，指出了夏敬觀所解的〈雉子班〉、〈艾如張〉、〈聖人出〉和〈遠如期〉四曲為「建德」類的〈鐃歌〉。所謂「建德」，就黃序所言，則大略可推之為「立德以諭降」。以下就夏敬觀先生在

《漢短簫鐃歌注》對這四曲的解釋，列表大要說明於下：

曲　名	夏敬觀《漢短簫鐃歌注》所述之主旨大義
〈雉子班〉	這是一曲將時事〔註78〕引入〈鐃歌〉，用以歌頌漢武帝之德，足以破不仁之邦，〔註79〕並喻四夷終將來服於我大漢威德之下。
〈艾如張〉	以網獵比喻中國以仁德施恩方式對待外邦，辭中以中國軍士為獵者，黃雀以喻小國。
〈聖人出〉	辭中共書三位帝王之主要功業，且層層相因，由內而外，終成漢帝國之盛世。
〈遠如期〉	歌詠武帝至宣帝的德化四夷之作。

以上四曲，均為歌詠帝王之德，並且用以說明以德足以另四夷仰慕而來，以免征伐之力。基本上，這依然是一種以「天朝」自居的漢人，在軍樂上用「正統」自居的思想來提升征伐異邦的合理性，並提高軍人的作戰士氣和信心，所以是屬於「心理建設」類的〈鐃歌〉。

（三）諷　敵

分析黃孝紓的〈序〉中所述，「諷敵」可謂「諷刺敵之自誤」。主要的內容是歌諷敵人不識天命，且昧於時勢，而與中國為敵，是自取敗亡的行為。黃孝紓將〈芳樹〉、〈有所思〉、〈巫山高〉、〈君馬黃〉四曲歸為此類。以下就夏敬觀的看法，列表大要說明於下：

曲　名	夏敬觀《漢短簫鐃歌注》所述之主旨大義
〈芳樹〉	歌諷南粵敗亡是因其相呂嘉之作亂弒王，且殺漢使，〔註80〕觸怒上天，故其滅亡乃是天意。

〔註78〕《漢書・郊祀志》：「公孫卿候神河南，言見僊人跡緱氏城上，有物如雉，往來城上。天子親幸緱氏視跡。」

〔註79〕《史記・南越尉佗列傳》載：「呂嘉攻殺王、太后，殺盡漢使者，立建德為王」。故云不仁之邦。

〔註80〕《漢書・武帝紀》云：「（元鼎五年）夏四月，南越王相呂嘉反，殺漢使者及其王、王太后。」帝遂於該年秋遣路博德、楊僕等率軍南下。於元鼎六年十月破南越。

〈有所思〉	亦爲敍述南越相呂嘉叛亂之事，整體背景和〈芳樹〉一致。
〈巫山高〉	由淮南王劉安、衡山王劉賜自悔的口吻中，呈現自誤而亡的悲劇。〔註81〕
〈君馬黃〉	因大宛拒絕以宛馬與中國交換千金及金馬，並殺漢使、奪其財物，而引來中國的征討之事。

（四）勸　士

　　黃孝紓將夏敬觀的《漢短簫鐃歌注》所析論的十八曲中之最後一類是爲「勸士」類。根據黃先生的說法，所謂的「勸士」，就是「先乎聲威，師直爲壯」。明白而言，就是激勵軍心，提振士氣，在出征前的一種精神教育，使軍士能有同仇敵愾、克敵制先以及忠君衛國的決心。黃孝紓將〈思悲翁〉、〈戰城南〉、〈將進酒〉三曲歸爲此類，以下就夏敬觀的看法，列表大要說明於下：

曲　名	夏敬觀《漢短簫鐃歌注》所述之主旨大義
〈思悲翁〉	爲一首帶有對軍士賦予責任感、並激勵軍心的鐃歌。
〈戰城南〉	本辭頗有以破釜沈舟的精神，激厲將士以身殉國的決心。
〈將進酒〉	歌詠戰勝歸朝的鐃歌，歌辭也是宗廟祭祀之言。意謂今已戰勝歸來，飲於宗廟，並祭告祖考，但願就此太白星伏，〔註82〕不再有戰端。

　　以上共計將〈鐃歌〉十八曲中的〈思悲翁〉、〈艾如張〉、〈上之回〉、〈翁離〉、〈戰城南〉、〈巫山高〉、〈將進酒〉、〈君馬黃〉、〈芳樹〉、〈有所思〉、〈雉子〉、〈聖人出〉、〈上邪〉、〈遠如期〉、〈石留〉十五曲依夏敬觀《漢短簫鐃歌注》中的「軍樂」解釋系統，再歸入黃孝紓在該書〈序〉中所分的四類，並輔助說明。但其中尚有〈朱鷺〉、〈上陵〉、〈臨高臺〉三曲並未爲黃孝紓所分類，究竟這三曲在夏敬觀的解釋之下，所呈現的是何種意義，並當歸於何類？筆者以夏先生的看法列表大要

〔註81〕　《漢書‧武帝紀》：「（元朔六年）十一月，淮南王安、衡山王賜謀反，
　　　　誅。黨與死者數萬人。」
〔註82〕　《漢短簫鐃歌注》曰：「昏見西方爲太白，太白主兵。」故太白星伏
　　　　即爲息兵之意。

說明於下：

曲　名	夏敬觀《漢短簫鐃歌注》所述之主旨大義	歸　類
〈朱鷺〉	言本軍雖是優勢之方，但在戰陣上卻能謹守份際，既不縱敵，亦不多殺，故不僅是驍勇善戰之旅，更是進退分明的仁義之師。	夏敬觀先生認為將此曲至於〈鐃歌〉十八曲之首，不僅足以提振士氣，發揚軍威，更有開宗明義地引出鐃歌「整軍經武之本旨」。故本篇當為綜論之類。
〈上陵〉	這是一首「宗廟食舉」而非諷敵勸士的鐃歌，只是因為到了魏世與鼓吹合併，故統稱為鼓吹鐃歌，並列入其中。	無〈鐃歌〉之旨，自然沒有分類之條件。
〈臨高臺〉	歌頌武帝時，軍威之勝，連伏南越、東甌，接著親帥大軍巡遊邊境，並登上單于臺，含有「居單于之上」的象徵意義。辭中最後又以南越、東甌自以為距漢遙遠，可如黃鵠般逍遙高飛，但仍被大漢「關弓射鵠」般收服之事，影射匈奴服漢之日亦不遠矣。	根據歷史背景、文辭中的精神意含，本曲當歸為「揚威」之類的鐃歌。

三、夏敬觀《漢短簫鐃歌注》的軍樂精神之檢討

　　夏敬觀先生的《漢短簫鐃歌注》中積極地以「軍樂」的原則，對〈鐃歌〉十八曲提出解釋，這使後來學者對〈鐃歌〉內容中的一些窒礙鐃解的字句研究是有助益的。但夏先生一味守住蔡邕對〈鐃歌〉的原始意義之解釋，並以之為圭臬，不顧長久以來的時空背景交互影響所產生的變化，依然對〈鐃歌〉採單一功能性的解釋，是最大的缺失。

　　以下就夏敬觀先生的《漢短簫鐃歌注》中的優缺點提出來討論。

　　首先就優點方面說明如下：

（一）主旨前後貫穿

　　夏敬觀先生的《漢短簫鐃歌注》以蔡邕所謂的「揚德建武，勸

士諷敵」爲〈鐃歌〉的創作主旨，使十八曲的思想內涵能夠相聯繫，[註83] 並成爲其基本共相。

文體之間的分類主要是以形式和來源，詩歌自然也不例外，如古、近體之分，或近體中又分律、絕等；而同類文體之間的再分類主要就是以功能區分了。所以在同樣是樂府的範疇內，歷來各家均依據不同的創作主旨（或「功能」、「目的性」），將漢樂府做各種分類。而〈鐃歌〉十八曲自從沈約的《宋書・樂志二》所列舉出的十八首有題有辭的鐃歌之後，〈鐃歌〉十八曲就已經在漢樂府詩取得固定的名稱和類屬了。

但就〈鐃歌〉十八曲和〈郊祀歌〉十九章相較，後者能從文詞中直接而明顯的表現其祭祀歌頌的對象與祈求祝禱；前者卻只有在名稱和類屬上有名義上的位置。內容方面，可說眾說紛紜，缺乏共通的主題，使得〈鐃歌〉十八曲的分類有名無實。

夏敬觀先生在《漢短簫鐃歌注》的解釋中，以「軍樂」爲〈鐃歌〉十八曲的共通主題，發揮「揚德建武，勸士諷敵」的主旨，使〈鐃歌〉十八曲有了在分類上「名實相符」的依據。

（二）依韻斷句

漢樂府詩是一種音樂文學，甚至於可說是依音樂而生的一種文學形式，而音樂文學的表現方面，押韻是一個必要的條件。夏敬觀先生利用漢樂府詩的此一特點，運用在〈鐃歌〉十八曲的斷句方面。

〈鐃歌〉十八曲的斷句一直是研究者深感苦惱的問題，但若連最表層的字句段落都無法確認，就更遑論「研究」了。所以歷來學者對〈鐃歌〉十八曲往往連閱讀都產生困難，如《宋書・樂志四》引《古今樂錄》云：「皆聲、辭、豔相雜，不可復分」、郭茂倩《樂府詩集》第十六卷引陳釋智匠《古今樂錄》（該書已亡佚）語曰：「漢鼓吹鐃歌十八曲，字多訛誤」。所以在這種「聲」、「辭」、「豔」不分，而且字詞

〔註83〕根據夏敬觀的《漢短簫鐃歌注》中所解，除了〈上陵〉是「宗廟食舉」誤入〈鐃歌〉之外，其餘十七曲均有濃烈的軍歌特質。

訛誤不明的情況下，句讀難以肯定了。這也是歷來解者意見分歧之因。

　　而夏敬觀先生在《漢短簫鐃歌注》中，根據鐃歌的音樂特性，找尋其韻腳之所在，再依據韻腳斷句，是一種客觀而科學的方式。以下舉一般咸認為最難明其文意的〈石留〉為例說明：

　　　石留涼（陽韻）陽涼（陽韻）石水流為沙（句）錫以微（句）
　　　河為香（陽韻）向始蘇冷將風陽（陽韻）北逝肯（句）無
　　　敢與于楊（陽韻）心懷蘭（元韻）志金安（元韻）薄北方
　　　開流離蘭（元韻）

該曲中以韻（陽、元）作為主要的段落依據，再一此段句作深入的解釋，〔註84〕的確對於鐃歌的斷句提供了一個相當好的思考方向。〔註85〕

（三）由典而入，來處明確

　　夏敬觀先生把鐃歌的創作主旨定位於「揚德建武，勸士諷敵」的軍樂系統，不但功能明顯，而且針對性強。因為軍歌的內容主要是提振士氣，所以在歌詞中所指涉的對象，不論是人、事、時、地、物，大都必須有確實根據，才具有說服力。

　　因此，夏先生在確立〈鐃歌〉十八曲內容的一貫主旨之後，廣蒐資料證明其中各曲均有來處，尤其在每一曲的解釋之中，大多會附上所述之事的史書記錄為證，並對文句的來源、意義也考證甚詳。如〈聖人出〉的注釋云：

　　　宣帝本始三年，遣田廣明等五將軍，救烏孫，擊匈奴。僅
　　　校尉常惠將烏孫兵，入匈奴右地，大克。地節二年，遣鄭
　　　吉司馬熹破車師，分以為車師前後王及山北六國。神爵元
　　　年，西羌反，遣趙充國許延壽辛武賢擊之，二年五月，羌
　　　虜降服，斬其首惡大豪楊玉酋非首，置金城屬國，以處降
　　　羌。其後匈奴單于以次來降，至甘露三年，郅支單于遠遁，

〔註84〕關於〈石留〉的解釋說明，見本節所分「揚威」類第二首。
〔註85〕雖然在王先謙的《漢鐃歌釋文箋正》中力主〈鐃歌〉十八曲的韻腳研究必須使用古音，筆者也也此同感。夏敬觀的依韻段句雖然使用今韻，但是其所提供的思考方向與嚴謹的態度，仍不失為其優點之所在。

匈奴遂定。

以上是對〈聖人出〉所歌頌之辭做背景歷史的說明、舉證。同文又云：

> 〈毛詩傳〉曰：「騑騑，行不止貌」。……昌邑無道，霍光
> 廢之，而立宣帝，故云：「君之臣明護不道」，古微書引《春
> 秋元命苞》曰：「護，救也」。

此爲夏先生對〈聖人出〉中的辭義考證之例舉。

　　基於以上的例子輔助說明，可見夏敬觀的《漢短簫鐃歌注》對〈鐃歌〉十八曲所作的闡釋是有來歷可證，並且在字句的推敲考證亦用力頗深。

　　另一方面，夏敬觀先生的《漢短簫鐃歌注》中也呈現了一個根源性的缺點，也就是前述「先定答案，再尋證據」的倒置研究方式。

　　其實這一部份的缺點，正好和上一部份「主旨前後貫穿」的優點有著同樣的問題根源。本節一再強調，夏先生《漢短簫鐃歌注》的基本主張就是「揚德建武，勸士諷敵」，所以他有一貫的解釋原則——即「軍樂」的解釋系統。但也正是這個軍樂的認知前提，引導夏先生在研究、作注之前，已經在心中肯定了答案：〈鐃歌〉十八曲等於軍歌。〔註86〕因此，他在第一曲〈朱鷺〉的注中即說到：「此篇言整軍經武之本旨，蓋並建威揚德，諷敵勸士之誼而有之，故置之第一，爲鐃歌之首。」言下之意，蓋〈朱鷺〉爲首，以作爲開宗明義、彰顯鐃歌的軍樂的本旨。自此以後的十七曲，除〈上陵〉之外，一律以軍樂的先決條件爲之作解釋。如此作注的方式，正是一種先定答案，再尋證據倒置處理方式。雖然偶有幾篇立論新穎，發前人之所未發，但更多論述所呈現的卻是牽強引附，爲「鐃歌」而「鐃歌」。〔註87〕

　　如〈有所思〉一般認爲是一首激昂而且纏綿悱惻的絕情之詩歌，但夏敬觀先生在《漢短簫鐃歌注》中卻作了如下的說明：

〔註86〕此處所指的〈鐃歌十八曲〉等於軍歌之意，是指明確的肯定〈宋書·樂志四〉中所列的十八曲鐃歌均爲「軍樂」，除了〈上陵〉殆無例外。

〔註87〕爲「鐃歌」而「鐃歌」，指的是爲了符合原鐃歌爲軍樂之名，而強將〈鐃歌〉十八曲中的各樣題材一律認定爲「軍樂」，並刻意強作解釋。

……是亦征滅南粵紀功之辭，可無疑義。……莊氏謂男女
相絕之詞，其說膚淺。〔註 88〕……陳氏謂爲藩國之臣，不
遇而去，自攄憂憤之辭，亦迂闊不切事理。〔註 89〕王氏辭
此最善，與余說合。〔註 90〕

又如〈上邪〉是一般認爲膾炙人口的情詩，而夏先生卻又釋之如下：

此辭命義，當是託爲臣服國誓言，以紀征伐之力。莊氏解爲
男慰女之辭，謂與我所思爲一篇，采詩者分爲二篇。〔註 91〕
理或有之，然采入鐃歌，自有命意所在也。

由夏敬觀對以上二曲的解釋說明，可以明顯看出以下兩項特點：

1. 夏先生已確定了「鐃歌」等於「軍樂」的觀念，所以在這種
「答案」已經確定的情況之下，夏先生完全跳離歌詞字面的
思考，廣搜證據來補足答案的合理性。

2. 夏先生在蒐集「證據」的過程，並不迴避與其答案相左之證
據，但是處理的方式卻只是將之陳列出來，並反駁之。只是，
在以上所列的兩段引文都有一個共同模式：先確立命意（當
然是夏先生主張之「軍樂」用途爲原則），繼之引前人之論述
說明，最後再以自己之意論斷前人的論述是否完善（自然是
合於夏先生之意爲完善）。

以上兩個特點，所呈現的是夏先生對〈鐃歌十八曲〉認知上的片
面主觀性與排他性。甚至於當前人之論合乎事理，但不合乎夏先生的
看法時，就搬出「鐃歌自有其命意所在」這個絕對眞理反駁。

本節對於夏敬觀先生《漢短簫鐃歌注》作了簡單的介紹和評論，
主要凸顯了夏先生對〈鐃歌〉十八曲研究方法上的貢獻以及內容解釋
方面的說明。基本上，《漢短簫鐃歌注》是一部考證詳細、集合各家

〔註 88〕莊述祖《漢鼓吹鐃歌曲句解》云：「〈有所思〉，刺時也。衰亂之俗，
婚姻之禮廢，夫婦之道苦，男女各以其私相約誓，而輕絕焉。」
〔註 89〕陳沆《詩比興箋》曰：「此疑藩國之臣，不遇而去，自攄憂憤之詩也。」
〔註 90〕王先謙《漢鐃歌釋文箋正》曰：「武帝遣兵擊南粵，南粵國王年少，
太后與使者通，宮中穢亂，播之以寒其心，誘之以歸降也。
〔註 91〕見莊述祖《漢鼓吹鐃歌曲句解》。

說法，並去蕪存菁的嚴謹之作。但夏先生並未能認清漢鐃歌在使用場合、採集過程，因爲流傳的時空環境廣遠而產生變化。所以一味以蔡邕軍樂主張，強套於漢樂府〈鐃歌〉十八曲之中，遂產生許多牽強附會的解釋，並將〈鐃歌〉十八曲的多樣風貌掩蓋。

　　所以，夏敬觀的《漢短簫鐃歌注》是一部用功頗深，但主旨偏頗的作品。

第三章　從中國傳統軍樂到「鼓吹鐃歌十八曲」

〈鐃歌〉原是軍樂，漢〈鼓吹鐃歌曲〉的內容，似乎並不全爲軍樂，甚至於大部分都不論戰事，二者之間，差異頗大。〈鐃歌〉從「軍樂」發展到〈鼓吹鐃歌〉十八曲變成「不全爲軍樂」的過程，關鍵點在於漢代，所以欲考證此一轉變的現象，須由〈鐃歌〉在漢代的發展狀況著手。然而蔡邕將〈短簫鐃歌〉的製作，上推到黃帝時代，雖不可信，但卻意味〈鐃歌〉與中國古軍樂之間有著密切的關係。所以本章將溯本追源，由黃帝爲始，繼之探討周時所謂的「愷樂」；接著再歷經漢代的外來胡樂衝擊，〈鐃歌〉遂雜入胡樂，甚至於在〈鐃歌〉之前，冠以「短簫」之名，而統之曰「短簫鐃歌」，或「鼓吹鐃歌」；最後再討論曹魏至沈約確立〈鐃歌〉十八曲爲止。

第一節　中國先秦的軍樂傳統

關於〈鐃歌〉的紀錄，目前可見的資料所呈現的情形相當特殊。即是「鐃歌」一詞的記載先於「歌詞內容」的紀錄。

劉昭《後漢書・禮儀志》注補引蔡邕〈禮樂志〉云：

> 漢樂四品，……其短簫鐃歌，軍樂也。其傳曰：「黃帝、岐伯所作，以建威揚德，風勸士也。」

是蔡邕提出「鐃歌」之名先於沈約《宋書·樂志》所記載的〈鐃歌〉十八曲歌詞，因此，如果以資料記錄的完整性區分，即可將《宋書·樂志》所記的〈鐃歌〉十八曲視爲「可信資料」；〔註1〕先秦的中國軍樂傳統則可作爲觀察、界定中國軍樂特性的佐證資料。

一、黃帝、岐伯所作

黃帝是傳說中中國的始祖，中國人對這位始祖，懷有太多崇敬，自然也加諸了一些能力與作爲在他的身上。傳說中黃帝的主要功業在於軍事方面，〔註2〕也正是因爲這些功業，才奠定了中華民族幾千年來立國安民的基礎，所以黃帝乃被稱爲中華民族的始祖。

這位被中華民族神化與崇拜的始祖，因爲流傳時間的加長，而更具模糊性；相對的，也更具神秘性。也基於他的神秘感而加深了後世對他的崇拜，無形中也逐漸加強他在中國人心目中的地位與能力，所以許多長久以來中國人所共同創發的文明財產，往往就歸到黃帝或他的臣屬名下。

例如指南車的發明、〔註3〕蠶絲的使用、〔註4〕帝王的冕服的創

〔註1〕 雖然，〈鐃歌〉十八曲的內容是否屬於「軍樂」之類，依然有所爭議。但在創作時間上是屬於漢代無誤，且這十八曲在文學史上的首次出現是集結出現，且被冠名爲「鐃歌」（也就是蔡邕所認爲的漢代軍樂）。所以，至少〈鐃歌〉十八曲是現今所能肯定是出自於漢代，且被沈約稱爲「鐃歌」的具體作品。

〔註2〕 傳說中，黃帝曾經發動兩場主要戰爭。第一場戰爭的對象是炎帝，《呂氏春秋·蕩兵篇》云：「兵所自來久矣，黃炎故用水、火矣。」又《列子·黃帝篇》：「黃帝與炎帝戰於阪泉之野。」以及《淮南子·兵略篇》：「炎帝爲火災，故黃帝禽之。」此一場戰爭，並非有正義和邪惡之爭，純粹是立場互異產生的「道」不同，而猶水火不相容。
另一場戰爭的對象是蚩尤，《通典·樂典》：「蚩尤氏帥魑魅與黃帝戰於涿鹿。」又《太平御覽》卷十五引《黃帝元女戰法》：「黃帝與蚩尤九戰九不勝。」以及《太平御覽》卷十五引《志林》：「黃帝與蚩尤戰於涿鹿之野，蚩尤作大霧彌三日，軍人皆惑，黃帝乃令風后作指南車以別四方，遂擒蚩尤。」

〔註3〕 指南車相傳是風后設計，見本節註2。

〔註4〕 蠶絲或織衣的來源之故事，主要有三：

發，〔註5〕傳說中都與黃帝或他的親近臣屬、妃子有關，在在顯示中
國人將黃帝的功業與能力之崇敬及擴大。所以，在中國人的認知中，
戰場所用的樂器、樂曲之發明，自然可能創發於萬能的黃帝。〈鐃歌〉
的源流在後世已然不可曉，在不得其因的情形下，理所當然地就歸給
中國文明之祖——黃帝。

　　蔡邕把鐃歌的創作歸諸黃帝、岐伯。究竟有何相關的線索呢？首
先由黃帝談起：

　　關於黃帝的音樂才能的傳說，最早是在會合天下鬼神之時，作〈清
角〉樂章。《韓非子·十過篇》云：

　　　　昔者黃帝合鬼神於西泰山上，駕象車而六蛟龍，畢方並轄，
　　　　蚩尤居前，風伯進掃，雨師灑道，虎狼在前，鬼神在後，
　　　　騰蛇伏地，鳳凰覆上，大合鬼神，作為〈清角〉。〔註6〕

這是一則誇大黃帝神力的神話，但由這一段紀錄，即可明瞭，在早期
的文獻紀錄中，已經肯定黃帝有創制樂曲的能力。

　　又相傳黃帝一生最大的功績是建立在沙場上，而戰場上鼓舞軍心
士氣的軍樂也是成於黃帝之手。在與蚩尤的一場戰役之中，黃帝受困
於一群山精水怪的包圍中，於是黃帝用牛羊角作軍號吹奏，方才嚇退
蚩尤兵馬。《通典·樂典》云：

　　　　蚩尤氏帥魑魅與黃帝戰於涿鹿，帝命吹角作〈龍吟〉得禦
　　　　之。〔註7〕

　　　　（1）蠶神獻與黃帝，見《繹史》卷五引《黃帝內傳》云：「黃帝斬蚩
　　　　　　尤，蠶神獻絲，乃稱織維之功。」
　　　　（2）黃帝臣下創作衣裳，見《世本·作篇》：「伯余作衣裳。」宋衷
　　　　　　注：「黃帝臣也。」
　　　　（3）黃帝妃子始養蠶柞絲，見《路史·後紀五》：「（黃帝）元妃西陵
　　　　　　氏曰嫘祖，以其始蠶，故又祀先蠶。」
〔註5〕《竹書紀年》曰：「（黃帝）初製冕服。」
〔註6〕見《韓非子》，韓非撰，顧實圻識誤，中華書局據吳氏影本乾道校刊，
　　　　未標頁數，民國62年2月台二版。
〔註7〕見《通典·樂典》，杜佑著，台灣商務印書館，頁735，民國76年
　　　　11月台一版。

這種「角」的樂器,是否眞的屬於中國樂器,是大有疑問。因爲杜佑的《通典》是作於唐朝,上距黃帝已達三千多年。根據《宋書・樂志》的記載:「角」是外來樂器,但是因爲不明其所出於何,所以杜佑才提出黃帝創發的說法。〔註8〕到了漢代的橫吹曲傳入中國以後,「角」就廣泛用於軍中。如南朝梁時仍保存的北歌有〈梁鼓角橫吹曲〉即爲其證。〔註9〕

另外,軍鼓的創造,相傳也是黃帝所發明。《山海經・大荒東經》曰:

> 東海中有流波山,入海七千里,其上有獸,壯如牛,蒼身而無角,一足,出入水則必有風雨。其光如日月,其聲如雷,其名爲夔,黃帝得之,以其皮爲鼓,橛之以雷獸之骨,聲聞五百里,以威天下。〔註10〕

夔的身分有許多種流傳,有云是爲雷神,又云其乃音樂之神,甚至於也是傳說中上古黃帝時代掌管音樂的樂官。基本上,這些傳說均與音樂、樂器(鼓)有關,而將鼓與雷神的關係繫連在一起,則足以見得鼓之樂音必然宏大壯擴,取之而用於軍旅,實爲至當。

關於黃帝創作軍樂的的紀錄,則見於《繹史》卷五引《歸藏》云:

> 蚩尤出自羊水,八肱八趾疏首,登九淖以伐空桑,黃帝殺

〔註8〕 《宋書・樂志》云:「角,書記所不載。或云出羌胡,以驚中國馬。或云出吳越。」

〔註9〕 〈梁鼓角橫吹曲〉今存六十六曲於《樂府詩集・橫吹曲辭》中。又〈梁鼓角橫吹曲〉全爲北歌而非梁曲之說,可見於蕭滌非的考證:「所謂〈梁鼓角橫吹曲〉者,實皆北歌,非梁歌也。今歌辭中有『我是虜家兒,不解漢兒歌。』即長安、渭水、廣平、鉅鹿、隴頭、東平,孟津諸北方地名,皆可爲證。按梁武帝有〈雍臺〉一首,爲〈胡吹舊曲〉十一亡曲之一,又《隋志》云『陳後主遣宮女習北方簫鼓,謂之《代北》,酒酣則奏之。』是此種北歌,故嘗先後輸入於梁、陳,故智匠作《樂錄》時,因提曰『梁鼓角橫吹曲』耳。歌是北歌,而保存之者則南人也。後世選詩家,因循不改,舉以屬梁,不足爲訓。」見《漢魏六朝文學史》,頁272。

〔註10〕 詳見《山海經・卷十四》,上海商務印書館根據江安傅氏雙鑑樓藏明成化印本縮印,頁64。

之於青丘，作《桐鼓之曲》十章，一曰〈雷震驚〉，二曰〈猛虎駭〉，三曰〈摯鳥擊〉，四曰〈龍媒蹀〉，五曰〈靈夔吼〉，六曰〈鵰鶚爭〉，七曰〈壯士憤怒〉，八曰〈熊羆哮吼〉，久曰〈石蕩崖〉，十曰〈波蕩壑〉。〔註11〕

僅由這些曲目就可以想見這些曲子的勇武和雄壯了，又配以「桐鼓」這種宴會賓客時候用的特製大鼓，更是氣勢非凡。

由以上的論述說明，在中國遠古傳說中的黃帝的確有音樂上的天賦，並且因為連年爭戰的需要，而將音樂的功能使用於行伍之中。因此，雖然在上古的傳說與文獻記載中並未有「鐃歌」之名的紀錄，更沒有黃帝創作「鐃歌」的相關證據。但因中國人基於對黃帝的崇敬，不斷地增加功業在他的身上，剛好又有黃帝熟於音律、創作軍樂的傳說，所以蔡邕可能在不知「鐃歌」之始的情況之下，就「依照慣例」加諸於黃帝。

岐伯據傳為黃帝時代的名醫，所以有關於岐伯的記載多為醫療方面，反而未見他在音律創作上有任何建樹。如以下四則紀錄：

黃帝有熊氏命雷公、岐伯論經脈。〔註12〕

黃帝著體診則受雷、岐。〔註13〕

岐伯，黃帝臣也。帝使岐伯嘗味草木，典主醫病，經方《本草》、《素問》之書咸出焉。〔註14〕

岐伯乘絳雲之車，駕十二白鹿，遊於蓬萊之上。〔註15〕

根據這四段紀錄，僅可證明傳說中的岐伯的確是黃帝時人，又曾為黃帝之臣，專長為醫學，並著有《本草》及《素問》二部醫學著作，且又有神仙般的能力。然而根據這些資料，實不足以證明岐伯本身是否有音樂創作的能力，更遑論證明「鐃歌」是出自其手。

〔註11〕 《繹史・卷五》，馬驌撰，王雲五主編，台灣商務印書館，頁33，民國57年12月台一版。

〔註12〕 《太平御覽》卷七二一引《帝王世紀》。

〔註13〕 《抱朴子・極言篇》。

〔註14〕 同註13。

〔註15〕 《太平御覽》卷八引《黃帝岐伯經》。

雖然，求諸傳說紀錄，並不能證實黃帝、岐伯製作〈鐃歌〉。卻可以證實在傳說中，黃帝時期是有軍樂的創作，因此，可將中國的軍樂的濫觴推至這一段遠古時期。

二、周代的「愷樂」

目前夏代所傳的樂曲僅有關係民生的《大夏》，〔註16〕以及早期的情歌〈候人兮猗〉〔註17〕等民間歌曲，完全不見軍樂的相關紀錄。

至於商代的詩歌，主要是反映在商人信鬼神的特色上，可以說商代的音樂屬於巫文明。〔註18〕其中足以稱為「武樂」者，只有《大濩》一曲。《大濩》是讚頌商朝君王湯代夏立商功績的作品，又稱為「濩」。〔註19〕

商朝對於中國軍樂發展的一個引人注目的重點為「鐃」的製作。現今發現最早的鐃，是在商代末期。鐃與鐸，最早原是原始社會末期象徵氏族貴族權力的禮器，用陶土或青銅製成。商代的鐃均為青銅製造，可持於手上演奏，或置於座上演奏。商鐃又因形體大小不同而有大鐃、小鐃之別。其中，單個大鐃，又稱為「庸」。由多枚組成一套的稱為「編鐃」。〔註20〕

周代的軍樂則稱為「愷樂」。《周禮·大司樂》云：

〔註16〕《大夏》是歌頌大禹率領部族群眾治水事蹟的作品。同時樂官皋陶
　　　　將之編成樂舞《夏篇》九成，以宣揚歌頌大禹治理國家的功德。
　　　　所謂「九成」，是說《大夏》表演的樂器和歌曲分為九段之意。

〔註17〕〈候人兮猗〉是一首南方民歌。內容是敘述禹在治水的過程中，遇
　　　　到一個「塗山氏」氏族的女子。後來禹又到其他地方巡行，該女子
　　　　便派人站在塗山（今浙江會稽）南麓，唱著她所作的〈候人兮猗〉
　　　　這首情歌，等待禹的到來。

〔註18〕《禮記·郊特牲》云：「殷人尚聲，臭味未成，滌蕩其聲。樂三闋，
　　　　然後出迎牲。聲音之號，所以昭告於天地之間也。」

〔註19〕《墨子·三辯》云：「湯放桀於大水，環天下自立為王。事成功立，
　　　　無大後患，因先王之樂，又自作樂，命曰〈濩〉。」

〔註20〕編鐃又有大小型之分：小型編鐃比較常見，一般由三枚或五枚組成
　　　　一套。大型編鐃比較少見，現存實物僅見於湖南寧鄉以及河南安陽。
　　　　詳見吳釗、劉東升編著《中國音樂史略》，頁11以及其附圖第二頁。

> 王司大獻，則令奏愷樂。

又《周禮・大司馬》云：

> 師有功則愷樂獻於社。

然而，這種「愷樂」似乎是兼具慶祝音樂和祭祀音樂的功能。由這兩段引文，所能知道的事實相當有限，若將「愷樂」和軍旅之事牽上關係的話，也僅止於凱旋歸來之後，獻於宗廟，禱告上天之用，似乎並未見可用於沙場之上，藉以勸士諷敵之功效。其實，中國的軍樂，主要的功能有兩方面，其一為蔡邕所言，用以「勸士諷敵，建武揚威」以激陣前軍士之心；其二為凱旋歸來獻功之作，如楊慎《詞品》云：「其旋師而奏之社廟者曰〈短簫鐃歌〉。」因此，周代的「愷樂」是足以當之為軍樂。

另外，西周初年也創作一部描寫武王伐紂的歷史詩歌——《大武》。

這是一部大型的樂舞，根據《禮記・樂記》記載，《大武》在春秋時代演出實共分六段（六成），每段（成）都有歌唱。

第一成，象徵武王帶兵出征，唱奏《我將》篇樂歌；第二成，象徵滅亡商朝，唱奏《武》篇樂歌；第三成，象徵討伐南國，唱奏《賚》篇樂歌；第四成，象徵平服南國，唱奏《般》篇樂歌；第五成，象徵周王統服四方，唱奏《酌》篇樂歌；第六成，象徵班師歸朝，唱奏《桓》篇樂歌。〔註21〕

同樣的，《大武》是一部大型的歷史詩歌，所描述的也是周代開國立基，戰場揚威的作品。實為記述軍功之作，所描述的也是軍旅之事，但在演出的場合當不在軍中，使用的目的可能是用於宴會或祭祀之中。〔註22〕因此，《大武》也同於「愷樂」般的軍樂作品，並且在

〔註21〕《禮記・樂紀・賓牟賈篇》云：「夫樂者，象成者也。總干而山立，武王之事也；發揚蹈厲，太公之志也；《武》亂皆坐，周召之治也。且夫《武》，始而北出，再成而滅商，三成而南，四成而南國是疆，五成而分，周公左，召公右，六成復綴，以崇天子。」《大武》六成所奏唱的樂歌後來皆收錄於《詩經・周頌》中。

〔註22〕〈頌〉的使用場合，應該是宗廟之中。《詩大序》言：「〈頌〉者美盛

規模上更爲擴大。鄭玄在《禮記・大司馬》的注中云：

> 兵樂曰愷，獻功之樂也。

「愷樂」爲「兵樂」，由「獻功之樂」可知「愷樂」是用以歌揚軍功的。因此，「愷樂」是爲一種音樂類型，其目的是「獻功」，由《周禮・大司馬》的紀錄，可知是「獻於社」。《大武》是一部樂曲，演出的樂曲是〈周頌〉的詩篇，自可用於宗廟，又其目的是用以歌揚軍功的，所以《大武》應當屬於周代的「愷樂」之一。

經由本節的論述，雖然無法直接證實蔡邕所謂〈短簫鐃歌〉是作於黃帝之時，但在爲中國軍樂溯源的過程中，卻可以窺得中國軍樂的演出場合不只是在於戰場，演奏的目的也不僅在於沙場提振士氣。透過這一層認識，將有助於辨別、考察漢〈鼓吹鐃歌〉十八曲的音樂特性與歸類。

第二節　西漢的「鼓吹」發展狀況

在討論關於中國先秦的軍樂傳統，並分析出其使用的特性之後，本節擬就漢代〈鐃歌〉的正式產生、發展時期的風貌、背景作整理分析。

處理此一時期〈鐃歌〉的問題，就是處理「鼓吹」和〈鐃歌〉之間錯綜複雜的關係，因爲〈鐃歌〉十八曲作於西漢，但在西漢卻無「鐃歌」之名的紀錄，因此本節只能由東漢明帝以後關於〈鐃歌〉的紀錄，配合西漢初年以來的「鼓吹」曲的資料，相互映證，以釋清「鼓吹」與〈鐃歌〉之間的關係。

一、論〈鐃歌〉冠以鼓吹之名始於西漢

一般相信〈鐃歌〉十八曲都是西漢時期的作品，根據莊述祖《漢鼓吹鐃歌十八曲句解》的考證，除〈石留〉一篇不明以外，其餘十

德之形容，以其成功告於神明者也。」朱熹云：「〈頌〉則鬼神宗廟、祭祀歌舞之樂。」

七篇均爲西漢以前的作品。〔註23〕王先謙《漢鐃歌釋文箋正》例略
云：

> 劉勰《文心雕龍》謂漢武帝始立樂府。師古不察，襲謬以
> 注《漢書》，由此讀〈鐃歌〉者，以爲皆武帝時作。是大不
> 然。高祖愛巴俞歌舞，令樂人習學之，嗣是樂府遂有巴俞
> 鼓員矣，孝惠二年，夏侯寬爲樂府令矣。讀〈思悲翁〉、〈戰
> 城南〉、〈巫山高〉三篇，知〈鐃歌〉肇於高祖之時，讀〈遠
> 如期〉一篇，知〈鐃歌〉衍於宣帝之世，推原終始，皆在
> 西都。蓋采詩協律，武宣代盛，前有作者，悉在輶軒，踵
> 事所增，以時存錄，刺上之作，不得獻焉，則又傳之民間，
> 傳之易代，同題異曲，於是乎出，佚缺互亂，收紹多門。

梁啓超《中國之美文及其歷史》也云：

> 〈鐃歌〉成於漢代何時，今難確考。據晉《中興書》則謂
> 武帝時已有，我們雖不敢斷定，但認爲西漢作品，大概還
> 不甚錯，惟未必全部都出於武帝時耳（〈上陵篇〉有「甘露
> 初二年」語，恐是宣帝時作）。他那種古貌古心古香古澤，
> 和別的樂府確有不同，我們既認許多樂府是東漢末年作，
> 這十八首的時代當然要提前估算。

所以，經過這些前輩學者的考證，漢〈鼓吹鐃歌〉十八曲創作於西漢，
大致在學界已取得共識。

西漢初期，即有「鼓吹」曲的記載。班固《漢書・敘傳》云：

> 班壹避地於樓煩，致馬牛羊數千群，值漢初定，民興無禁，
> 當孝惠高后時，以才雄邊，出入弋獵，旌旗鼓吹。

這是「鼓吹」二字始見於史籍者。劉瓛《定軍禮》又云：

> 鼓吹，未知其始也。漢班壹雄朔野而有之矣，鳴笳以和簫
> 聲，非八音也。

可知「鼓吹」原本乃是夷樂，且並不用於軍中，使用的樂器有別於中
國樂器的「金」、「石」、「土」、「革」、「絲」、「木」、「匏」、「竹」八大

〔註23〕詳見第二章第二節對莊氏的句解說明。

類。傳入中國之後，和中國的簫等樂器相配合而奏。

漢代設置「鼓吹署」，專掌胡樂的鼓吹曲及橫吹曲。同時《晉中興書》又云：

> 漢武帝時，南越加置交趾、九眞、日南、合浦、南海、鬱
> 林、蒼梧七郡，皆假鼓吹。

《舊唐書・音樂志》云：

> 鼓吹本軍旅之音，馬上奏之。故自漢以來，北狄樂總歸鼓
> 吹署。

所以，鼓吹傳入漢朝以後，迅速發展並爲朝廷所接受，由宮中設立鼓吹署可見其受重視的程度。然而，鼓吹在漢初傳入中國之後，並不獨用於軍中，軍中音樂也僅有〈鐃歌〉與〈橫吹〉採用鼓吹的形式，其他如「古兵法武樂」可能屬於「雅化」的軍樂，並不雜以鼓吹。〔註24〕

鼓吹傳入中國以後，使用的樂器爲鼓、簫（排簫）〔註25〕、笳。

〔註24〕根據《漢書・禮樂志》云：「哀帝詔罷樂府官，郊祀樂及古兵法武樂，
在經非鄭衛之音者，條奏別屬他官。丞相孔光、大司馬何武奏：『郊
祭樂人員六十二人，給祀南北郊。……朝賀置酒陳殿下，應古兵
法。……皆不可罷。』」在功能上，古兵法武樂是「朝賀置酒陳殿下」
的應制之作，其功能應該已經轉型爲宣揚功德的讚頌樂章，又與郊
祀音樂同爲「非鄭衛之音」，所以有些類似於周代的愷樂，西漢又有
將周代音樂「雅化」的情形（見下文論述），所以「古兵法武樂」很
有可能爲周代的愷樂。

〔註25〕「簫」本爲中國樂器，在 1978 年湖北發堀的戰國時的曾侯乙古墓中（約
西元前 433 年或稍後），即有排簫出土，共計一列十三管。又《宋書・
樂志一》云：「簫，《世本》云：『舜所造。』《爾雅》曰：『編二十三管，
長尺四寸者曰管；十六管長尺二寸者曰筊。』筊音爻。凡簫一名籟。
前世有洞簫，其器今亡。蔡邕曰：『簫，編竹有底。』然則邕時無洞簫
矣。」足見簫本出於中國，初時所謂的簫，皆指排簫。至於長簫、短
簫之名，是指所用的排簫吹管的長短、多寡而分。根據夏敬觀在《漢
短簫鐃歌注》云：「《爾雅》大簫謂之『言』，『注：編二十三管，長尺
四寸』；小簫謂之『筊』，注『十六管，長尺二寸亦名籟。』《通典》引
《月令章句》及《廣雅》同稱大簫小簫；《類聚》引《三禮圖》，則稱
『雅簫』、『頌簫』。既有二名，則稱『長簫』、『短簫』亦如之。《月令
章句》所謂：『長者濁，短者清』，亦以長短言也。」可見短簫是相對
於長簫而言，主要的差異在於簫管的多寡與長短。

之後，又加入橫笛而成「橫吹」，均可稱爲「鼓吹曲」，〈短簫鐃歌〉的樂器也是採用鼓吹，應該也可以稱爲「鼓吹曲」。然而，「短簫鐃歌」稱爲鼓吹之名，是否起於漢代，諸多學者均抱持懷疑的態度，尤其是近人夏敬觀及張壽平更是力持魏晉以後，短簫鐃歌方名爲鼓吹。夏敬觀《漢短簫鐃歌注》云：

> 《建初錄》云：「〈務成〉、〈黃爵〉、〈玄雲〉、〈遠期〉皆騎吹曲。」乃用於道路也。然太樂食舉第六曲曰〈遠期〉、第七曲曰〈有所思〉，二曲皆〈鐃歌〉，而用於侑食。……杜佑《通典》云：「自武帝受禪命，命傅玄改漢〈鼓吹鐃歌〉，還爲二十二曲，述以功德，代魏鼓角橫吹曲。」然則魏世始改漢〈短簫鐃歌〉，用鼓角橫吹曲，〈鐃歌〉之名，冠以「鼓吹」，自魏始也。

夏敬觀今之〈鼓吹鐃歌〉曲在漢代或云〈騎吹〉，或稱〈食舉〉，或統名〈鐃歌〉，均不見冠以「鼓吹鐃歌」或稱之「鼓吹曲」。其實，〈騎吹曲〉本身即爲〈鼓吹〉的一種，宮廷音樂又常交付「黃門鼓吹」演奏，而「黃門鼓吹」所奏之曲，亦可稱之爲「鼓吹」，所以上述的樂章均可歸入大範圍的「鼓吹」之中。關於「騎吹」、「鼓吹」的相關論題，筆者在本節另有詳述。

張壽平《漢代樂府與樂府歌辭》云：

> 《宋書·樂志》說：「蔡邕論敍漢樂曰：『一曰郊廟神靈，二曰天子享宴，三曰大射辟雍，四曰短簫鐃歌。』蔡邕是東漢人，所論漢代音樂，當然可信。然則短簫鐃歌明明與天子享宴各爲一類，而不相屬，此其一。〔註26〕

這樣的說法其實是對鼓吹曲的誤解。張壽平由蔡邕引《禮樂志》的另一段話「黃門鼓吹，天子所以宴樂群臣」〔註27〕中，認爲「天子享宴」就是「黃門鼓吹」。又崔豹《古今注》曰：「漢樂有黃門鼓吹，天子所

〔註26〕張壽平《漢代樂府與樂府歌辭》，台北：廣文書局，民國85年，頁48。
〔註27〕劉昭在《後漢書·禮儀志·注》補引。

以宴樂群臣也。短簫鐃歌，鼓吹之一章爾。」在張壽平的理解中，這兩段話是有矛盾的，既然蔡邕已言二者不相屬，但為何崔豹又言〈短簫鐃歌〉為鼓吹之一章呢？在這種矛盾的取捨中，張壽平取蔡邕而捨崔豹。也是這種取捨的條件下，建立了張壽平認知中以為：天子享宴即是黃門鼓吹，黃門鼓吹即為鼓吹，〈短簫鐃歌〉不屬於黃門鼓吹，所以〈短簫鐃歌〉不為鼓吹，自然就不得冠以「鼓吹鐃歌」之名了。

這樣的推論，邏輯上是沒有問題，但在前提的設立上，卻是有所誤認。

張壽平將黃門鼓吹當成所有鼓吹的代稱，所以他認為既然鼓吹已經是為「黃門鼓吹」，就斷無「鼓吹鐃歌」之理，因此漢代只有「短簫鐃歌」而無「鼓吹鐃歌」，這是一種錯誤的分析。如蔡邕之言，短簫鐃歌與天子享宴（黃門鼓吹）的確是並列而不相歸屬。但是如同黃門鼓吹一般，短簫鐃歌也屬於鼓吹曲。崔豹之言當解為：黃門鼓吹為漢代天子宴群臣之樂，列為鼓吹；短簫鐃歌是漢代的軍樂，亦為鼓吹。《樂府詩集·鼓吹曲辭》云：「黃門鼓吹、短簫鐃歌與橫吹曲，得通名鼓吹，但所用異爾。」楊慎《詞品》進一步說明：

> 鼓吹者，諸樂之總名，其所施用亦別：用之朝會宴饗者曰
> 黃門鼓吹；用之道路從行者曰騎吹，其師行而奏之馬上者
> 曰橫吹；其旋師而奏之社廟者曰短簫鐃歌。

可見，在漢代因鼓吹曲乃外來，並非如漢樂府因需要、功能而作，所以並無嚴格的類別特性，漢人往往因不同的需要而取其適當的音律而奏之，因而鼓吹的運用範圍相當的廣泛。所以，鼓吹是一種統稱，黃門鼓吹、短簫鐃歌是取其部分而作成。換而言之，短簫鐃歌也是屬於鼓吹之一，應當可以冠以「鼓吹鐃歌」之名。〔註28〕

張壽平又云：

〔註28〕在鐃歌之中，亦有部分可用於天子享宴的作品，如〈遠如期〉、〈聖人出〉之類，所以雖說短簫鐃歌不盡包含於黃門鼓吹，但因為鼓吹曲的使用範圍廣大，在跨越不同樂曲的使用時，不免有部分相混的情形。此部份問題留待後文說明。

今存短鐃歌十八曲中的〈思悲翁〉、〈戰城南〉、〈巫山高〉、
〈有所思〉之類，是軍中士兵厭戰、懷鄉、思親的作品，
足以破壞天子享宴群臣時的氣氛；〈君馬黃〉是諷刺漢武帝
爲求馬而征伐大宛的歌，更不能在天子前面奏唱。凡此顯
然是短鐃歌不在享宴歌舞所用鼓吹樂中的原因，此其二。
〔註29〕

顯然，這是接續前一例證的前提而提出的說法。前述已說明「黃門鼓
吹」不同、且不包含全部的短簫鐃歌，所以張壽平的這項證據已經不
成立。

張壽平又曰：

短簫鐃歌所用樂器，當然是短簫和鐃；孔光、何武所上奏
章中的樂府人員，最多是鼓員，其他爲竽、瑟、鐘、磬員，
以及調箎員、簫工等，〔註30〕適與鼓吹樂一名稱的意義符
合，而沒有使用鐃一樂器的，此其三。〔註31〕

的確，在《漢書》中並無「鐃」的使用紀錄。但是，漢代無此紀錄並
非代表不曾存在此樂器。事實上，早在商代末期，鐃就已經使用了。
近年在殷代大型王室墓葬姊辛墓中就發現有五枚一套的編鐃，〔註32〕
因此，不論漢代是否尚有鐃，鐃在漢之前已有則爲事實。鐃的作用是
在於沙場，《宋書·樂志》曰：

鐃，如鈴而無舌，有柄，執兒鳴之。《周禮》：「以金鐃止鼓」。
漢〈鼓吹曲〉曰：「鐃哥」。

因此，早期的軍樂確實有用鐃，到了漢代並未有鐃的流傳，只剩下「鐃
哥」的名稱。因此，「鐃歌」在漢代以後所代表的，並不是使用「鐃」
這種樂器的歌，而是指一種音樂的類別與功能。

所以，樂器中是否用鐃，已非辨別鐃歌與否的必要條件，因爲在

〔註29〕張壽平《漢代樂府與樂府歌辭》，台北：廣文書局，民國85年，頁48。
〔註30〕孔光、何武所奏之事，詳見《漢書·禮樂志》。
〔註31〕張壽平《漢代樂府與樂府歌辭》，台北：廣文書局，民國85年，頁48。
〔註32〕見《中國音樂史略》，頁11。吳釗、劉東升編著，大陸，人民音樂出
　　　　版社。

漢代以後的音樂，已未見鐃的使用。故張壽平以未見鐃的使用而否定漢代無鐃哥的條件，基本上是一個假問題。

張壽平又提出第四個疑點：

> 魏文帝（曹丕）即位後，命繆襲作了歌辭十二篇以記述功德，就用今存漢代短簫鐃歌十八曲中的第一曲〈朱鷺〉至第十二曲〈上邪〉的音韻奏唱；這十二篇載於《宋書·樂志》，題爲「魏鼓吹曲十二篇」，杜佑通典稱之爲「魏鼓角橫吹曲」，然則其所用的樂器已不再是短簫和鐃，而是鼓角和橫吹了。後來，西晉武帝也命傅玄用短簫鐃歌的音節作了鼓吹曲二十二篇。夏敬觀《漢短簫鐃歌注》說：「鐃歌之名冠以鼓吹字，自魏始也。」所以後人稱短簫鐃歌爲鼓吹曲，是犯了「以後制稱前事」的錯誤，此其四。〔註33〕

張壽平的這一段說法，其實也是同於上一個論證──「鐃」未被使用，並進一步舉魏鼓吹曲漢晉鼓吹曲爲例，說明在當時鐃歌已經被鼓角、橫吹取代了，所以在曹魏以後，鐃歌才有資格冠以「鼓吹」。

前已述及，鐃的使用與否，並不足以表示是否確實爲鐃歌。張壽平應該也發現此一現象，所以爲了避免自相矛盾，在引文中刻意以「鼓吹曲」代替「鼓吹鐃歌」之名，因爲一但「鐃」字出現，就會攻破他所堅持的「短簫鐃歌所用的樂器，當然就是短簫和鐃」的說法。〔註34〕因此，張壽平強烈主張以樂器的種類決定樂曲的名稱是有所偏頗的，尤其堅持有「鐃」即不稱鼓吹，稱鼓吹就不再使用「鐃」，即是將〈鐃歌〉與〈鼓吹曲〉採用絕對二分法，是失之武斷。

郭茂倩對鼓吹曲再漢代的施用說明，適足以補正張壽平樂器決定

〔註33〕張壽平《漢代樂府與樂府歌辭》，台北：廣文書局，民國85年，頁48。
〔註34〕張壽平舉沈約《宋書·樂志》中的〈魏鼓吹曲十二篇〉以及〈晉鼓吹曲二十二篇〉爲例，試圖說明爲以後以「鼓吹」代「鐃」，故〈鐃歌〉稱〈鼓吹〉當自魏始。卻刻意遺漏同樣出自沈約《宋書·樂志》中所收錄的〈今鼓吹鐃歌〉以及何承天作的宋〈鼓吹鐃歌十五篇〉，因爲沈約將此二組之名加入「鐃歌」一詞。若舉此例，則張壽平將難以自圓其說。

論之〈鐃歌〉、〈鼓吹曲〉絕對二分法的缺失。

關於鐃歌冠以鼓吹的時代，郭茂倩認爲是始於漢代而非曹魏，《樂府詩集・鼓吹曲辭一》云：

> 《晉中興書》曰：「漢武帝時，南越加置交趾、九眞、日南、合浦、南海、鬱林、蒼梧七郡，皆假鼓吹。」《東觀漢記》曰：「建初中，班超拜長史，皆假鼓吹麾幢。」則短簫鐃歌，漢時已名鼓吹，不自魏、晉始也。

郭氏舉這一段話的說服力並不夠，「假鼓吹」所呈現的是甚麼樣的意函並未明示。事實上，這一段話中的「鼓吹」，郭氏是有所認知的，《樂府詩集・橫吹曲辭一》云：

> 橫吹曲，其始亦謂之鼓吹，馬上奏之，蓋軍中之樂也。北狄諸國，皆馬上作樂，故自漢以來，北狄樂總歸鼓吹署。其後分爲二部，有簫笳者爲鼓吹，用之廟會、道路，亦以給賜。

的確，增加了這一段說明，知道有「簫笳」者爲「鼓吹」，且「短簫鐃歌」即爲有「簫笳」者，因此，郭茂倩才會直說「短簫鐃歌，漢時已名鼓吹」。而「假鼓吹」就是以鼓吹爲賞賜之意。

二、「橫吹」和「騎吹」

「橫吹」傳入中國的時間略晚於「鼓吹」，遲至漢武帝遣張騫通西域才傳入。《後漢書・班超傳》注引《古今樂錄》云：

> 橫吹，胡樂也。張騫入西域，傳其法於西京，唯得〈摩訶兜勒〉一曲。李延年因胡曲，更造新聲二十八解，乘輿以爲武樂。後以給邊將。和帝時萬人將軍得之。

《晉書・樂志》又云：

> 魏晉以來，二十八解不復俱存。而世所用者有〈黃鵠〉等十曲。〔註35〕

〔註35〕世所傳的曲子，根據《樂府題解》記載：「一曰〈黃鵠〉，二曰〈隴頭〉，三曰〈出關〉，四曰〈入關〉，五曰〈出塞〉，六曰〈入塞〉，七曰〈折楊柳〉，八曰〈黃覃子〉，九曰〈赤之楊〉，十曰〈望人行〉。後又有〈關山月〉、〈洛陽道〉、〈長安道〉、〈梅花落〉、〈紫騮馬〉、〈驄

兩漢樂府已不傳橫吹曲之辭，但由以上引文的論述，可知李延年所造的橫吹曲「新聲二十八解」是爲武樂，並對後世的影響深遠，蕭滌非甚至認爲「現存之〈鐃歌〉十八曲，即爲出於此種新聲者焉」。〔註36〕

所以，橫吹曲是在武帝時由西域帶入中國，並由李延年「更新聲」作爲而二十八曲。當時鼓吹署已經成立，而橫吹曲乃北狄樂，理所當然列入鼓吹署，《樂府詩集・橫吹曲辭》曰：

> 橫吹曲，其始亦謂之鼓吹，馬上奏之，蓋軍中之樂也。北狄諸國，皆馬上作樂，故自漢以來，北狄樂總歸鼓吹署。其後分爲二部，有簫笳者爲鼓吹，有鼓角者爲橫吹，用之軍中，馬上所奏者是也。

橫吹因其來源爲胡樂，所以入鼓吹署，改稱「鼓吹」。之後，鼓吹署內部在因音樂的樂器、使用功能不同而分爲二部，「橫吹」之名才又從鼓吹中中獨立出來，但掌管「橫吹」所屬的單位仍是鼓吹署。

「騎吹」的紀錄較少，《宋書・樂志一》云：

> 又《建初錄》云：「〈務成〉、〈黃爵〉、〈玄雲〉、〈遠期〉，皆騎吹曲，非鼓吹曲。此則列於殿庭者爲鼓吹，今之從行鼓吹爲騎吹，二曲異也。

《建初錄》的記載並不完全正確，但至少肯定了「騎吹」存在和功能。由《建初錄》所載，鼓吹和騎吹的功能基本上是相同的，惟使用的場合和演奏之曲不同而已。但是鼓吹（黃門鼓吹）是用於殿廷或出行的馬車之中，在功能上已經包含騎吹的出行演奏之用，《樂府詩集・鼓吹曲辭一》引《西京雜記》云：

> 漢大駕祀甘泉、汾陰，備千乘萬騎，有黃門前後部鼓吹。

馬〉、〈雨雪〉、〈劉生〉八曲，合十八曲。」

〔註36〕見蕭滌非《漢魏六朝樂府文學史》，頁31。大陸，人民文學出版社。又，對於蕭滌非的看法，筆者持保留態度。雖然橫吹曲是爲武樂，但在當時的武樂不只橫吹曲，橫吹曲只是鼓吹署的武樂之一。在諸多的武樂系統中，〈鐃歌〉十八曲實在不可能完全出自於其中一類。況且〈鐃歌〉十八曲是後代整理漢樂而成，其本身純粹性已經值得懷疑，更遑論同出於橫吹。

可見朝廷出行也有採用「黃門鼓吹」。《漢書‧毛延壽傳》云：

> 延壽在東郡時，試騎士，治飾兵車，總建幢繁，植羽葆，
> 鼓車歌車。

「鼓車歌車」，孟康注曰：「如今郊駕〔註37〕車上鼓吹也。」因此騎吹與黃門鼓吹的差異性並不在演出的場合，而是出行演出時所乘坐的交通工具的不同，騎吹的基本功能是等同於黃門鼓吹，所以二者皆為鼓吹之列，僅依乘坐的工具再分為鼓吹（黃門鼓吹）與騎吹。〔註38〕

上述騎吹曲中列有〈務成〉、〈黃爵〉、〈玄雲〉、〈遠期〉四曲，又同屬於鐃歌之列。《樂府詩集‧鼓吹曲辭一》引《古今樂錄》云：「漢鼓吹鐃歌十八曲，……十八曰〈石留〉。又有〈務成〉、〈玄雲〉、〈黃爵〉、〈釣竿〉，亦漢曲也。」而騎吹曲的〈遠期〉，可能為〈鐃歌〉十八曲中的〈遠如期〉。雖然並不能肯定騎吹曲中的四曲（已不傳），即等同於鐃歌中的〈遠如期〉及失傳四曲中的三曲，但同為漢曲，又命名相同，其中的關係勢必非常密切。

然而，郭茂倩並不認為漢代有「騎吹曲」。他在《樂府詩集》中並無列出「騎吹曲辭」之類，又於《樂府詩集‧鼓吹曲辭一》云：

> 按《西京雜記》：「漢大駕祠甘泉、汾陰，備千乘萬騎，有黃門前後部鼓吹。」則不獨列於朝廷者名鼓吹也。漢〈遠如期〉辭，有「雅樂陳」及「增壽萬年」等語，（無）〔註39〕馬上奏樂之意，〈遠期〉又非騎吹曲也。

郭茂倩引出這一段紀錄，為的是證實黃門鼓吹是可以同時用於「殿廷」和「從行」，並不需要別列「騎吹」。且《建初錄》列於「騎吹」之一的〈遠期〉，考之鐃歌十八曲中的〈遠如期〉，辭中所用的是「雅樂」，所

〔註37〕顏師古注曰：「郊駕，郊祀時所備法駕也。」

〔註38〕根據安徽三國朱然墓出土的「黃門鼓吹圖」和山東肥城孝堂山漢墓出土的「騎吹圖」比較，二者所用的樂器均為排簫和笳，惟黃門鼓吹用立於地面之大型「建鼓」，騎吹用置於馬上之小型提鼓。

〔註39〕里仁書局點校出版的《樂府詩集》（民國八十八年一月初版二刷）主張在此加入「無」字。筆者亦認同此主張。因為郭茂倩提出這一段說明引證的目的，就是為了證明〈遠如期〉非騎吹樂，故無馬上奏樂之意。

頌的是「增壽萬年」,完全不類於馬上所奏。因此,〈遠期〉並非騎吹樂。

　　前文已經將騎吹的存在與否,不必定於黃門鼓吹是否用於出行的條件論述清楚。又《漢書‧禮樂志》中,孔光、何武所奏不可罷的樂工之中,即有「騎吹鼓員」三人,足以證明,西漢確實有騎吹的存在。又,如前文所言,漢樂〈遠如期〉同爲〈鐃歌〉和騎吹所用,只能證實二者關係密切,並不能證明二樂所用〈遠如期〉的歌辭內容是一樣的。所以〈鐃歌〉的〈遠如期〉中的「雅樂陳」等句,對騎吹曲並沒有必然的指涉。

　　鼓吹曲在漢初傳入中國的風貌應該是屬於較爲雄偉激昂、豪放且熱鬧的音樂,所用的樂器爲鼓、笳,再加上中國的排簫而成。〔註40〕因爲鼓吹曲的音樂活潑,所以在不屬於雅樂或郊祀的場合都有參與的空間。也因爲它傳入早,使用的範圍廣,所以很快就成了漢代對胡樂的代稱,甚至掌管胡樂的機構亦稱爲「鼓吹署」。

三、西漢的音樂官署與鼓吹的發展

　　不論是祭祀音樂、軍樂、外來音樂、以及民間音樂的採集與發展,都與漢代朝廷的音樂官署關係密切。如果要對漢代音樂有系統的了解,必須先掌握漢代音樂官署的的運作情況。在確立〈鐃歌〉與「鼓吹」的關係之後,即可深入西漢音樂官署中繼續探索「鼓吹」的發展。

　　胡樂在漢初以軍樂的形式傳入中國,稱爲鼓吹。之後四方音樂又相繼傳入,於是漢帝國設立「鼓吹署」統轄之。〔註41〕到了武帝之前,漢代的音樂官署爲「太樂」,掌雅樂,也就是沿自周代的樂章。武帝時,成立樂府,以掌俗樂。〔註42〕根據張壽平先生的考證,應在武帝

〔註40〕排簫是否傳入北夷,再隨著北夷的「鼓吹」回到中國;或是鼓吹曲初入中國時,並未使用排簫演奏,是到了中國才加入排簫合奏的,未知爲何?但和代所用的鼓吹曲,採用排簫則是事實。

〔註41〕漢代鼓吹署設立的時間,並未見於史書。《舊唐書‧音樂志》與《樂府詩集‧橫吹曲辭一》均云:「自漢已來,北狄樂總歸鼓吹署。」應該是郭茂倩抄襲《舊唐書》之言。

〔註42〕西漢的「雅」、「俗」二樂之分,筆者所持的系統理路主要是依據王

元鼎六年。〔註43〕《漢書・百官公卿表》：

> 奉常掌宗廟禮儀，有丞。景帝中六年，更名太常。屬官有
> 太樂、太祝、太宰、太史、太卜、太醫，六令、丞。少府，
> 掌山海池澤之稅，以給供養，有六丞屬，官有……樂
> 府……。〔註44〕

劉永濟補充云：

> 二官（指「奉常」、「少府」）判然不同。蓋郊廟之樂，舊隸
> 太樂。樂府所掌，不過供奉帝王之物，僑於衣服寶貨珍膳
> 之次而已。與武帝以俳優蓄皋朔之事，同出帝王奢侈荒淫
> 之心。〔註45〕

一語揭穿武帝設立樂府的堂皇面貌。〔註46〕漢自高祖唐山夫人作〈房中祠樂〉採用楚聲開始，〔註47〕就以地方聲曲演奏宗廟音樂。到了武帝使鄒陽、司馬相如、李延年創製〈郊祀歌〉十九章，〔註48〕並與〈安世房中歌〉十七章一併歸入樂府。樂府的職責爲：音樂演奏、採集歌謠、製度新曲。

　　前已敘述武帝立樂府主要是以娛樂爲目的，所以音樂演奏主要是採用較爲活潑熱鬧的「鼓吹」方式。鼓吹署在樂府成立之後，應該是併

　　運熙先生〈漢魏兩晉南北朝樂府官署沿革考略〉中的詮解而得。
〔註43〕見張壽平《漢代樂府與樂府歌辭》，廣文書局，民國八十五年十月再版，頁11～12。
〔註44〕掌樂府的官員亦有令、丞。詳見《漢書・百官公卿表》。
〔註45〕劉永濟《十四朝文學要略》第二卷第四章。
〔註46〕《漢書・武帝志》云：「（元朔五年）夏六月，詔曰：『蓋聞導民以禮，風之以樂，今禮喪樂崩，朕甚閔焉。……』」但在之前，《漢書・禮樂志》云：「是時河間獻王有雅才，亦以爲治道非禮樂不成，因獻所集雅樂。天子下大樂官，常存肄之，歲時以備數，然不常御，常御郊廟皆非雅聲。」可見後來武帝成立樂府的目的在於縱耳目之娛，而非有意恢復周代禮樂。
〔註47〕《漢書・禮儀志》：「房中祠樂，高祖唐山夫人所作也。……高祖樂楚聲，故房中樂楚聲也。」
〔註48〕《漢書・禮儀志》武帝定郊祀之禮，祠太一於甘泉，就乾位也；……以李延年爲協律都尉，多舉司馬相如等數十人造爲詩賦，略論律呂，以合八音之調，作十九章之歌。」

入樂府之中。因為在哀帝所罷的樂工人員中，就有「騎吹員」以及各地的鼓員、吹員。這些樂工應該隸屬於鼓吹署，卻又隨樂府一起被罷，可見鼓吹署應該是轄於樂府之下或編入「黃門令」之中。衛宏《漢舊儀》云：「黃門令，領黃門、謁者、騎吹。」〔註49〕騎吹為鼓吹之一，卻歸由黃門令掌理，是否意味早在西漢鼓吹曲以全由黃門鼓吹員演出。

鼓吹在樂府之中產生一種跨音樂類別的的全面影響，「鼓吹」的樂器使用，改變了原本各門中國音樂的內容和名稱，所以有的雜以胡樂的樂器，就加入「鼓吹」一詞，甚至於最後，「鼓吹」成了中國音樂的一大類。如此，原本區分明顯的音樂類別模糊了，甚至於混合了。西漢樂府中稱為鼓吹者有〈鐃歌〉、〈橫吹〉、〈騎吹〉、〈黃門鼓吹〉，其中以黃門鼓吹對〈鐃歌〉十八曲的組成影響最大。黃門令的設立最遲不晚於元帝，《漢書·史丹傳》云：

> 元帝留好音樂，或置鼙鼓殿下，天子自臨軒檻上，隤銅丸以擿鼓，聲中嚴鼓之節。後宮及左右習知音者莫能為，定陶王亦能之，上數稱其材。丹進曰：「……若乃器人於絲竹鼓鼙之間，則是陳惠、李微高於匡衡，可相國也。」

服虔曰：「陳李皆黃門鼓吹。」又《宋書·樂志》云：「相和，漢舊歌也，絲竹更相和。」「雜舞曲」又有鼙舞歌鼓舞伎，〔註50〕又透露了一個訊息：黃門鼓吹所演奏的樂章應該包含〈相和歌〉和〈雜舞曲〉。此一觀點，王運熙先生有更完善的考證。〔註51〕

總而言之，在西漢的樂府「鼓吹」泛稱中，猶能區別〈鐃歌〉、〈橫吹〉、〈騎吹〉、〈黃門鼓吹〉，主要是在此時，個別的功能區分尚稱明顯。

〔註49〕本段引文據《平津館叢書》。又《後漢書·衛宏傳》云：「宏作《漢舊儀》四卷，以載西京舊事。」

〔註50〕《宋書·樂志》曰：「晉鼙舞歌亦五篇，又鐸舞歌一篇，幡舞歌一篇，鼓舞伎六曲，併陳于元會。」

〔註51〕王運熙《樂府詩述論·說黃門鼓吹》，大陸上海古籍出版社，1996年6月，第一版，頁213。

第三節　東漢的樂官制度與曹魏以後〈鼓吹鐃歌〉十八曲之形成

一、東漢的樂官制度

　　東漢將西漢的「太樂」改稱爲「大予樂」，〔註52〕依舊掌雅樂。俗樂則歸「承華令」掌管。《後漢書・明帝紀》云：

　　　　永平三年秋八月戊辰，改太樂爲大予樂。

《後漢書・百官志》云：

　　　　大子樂令〔註53〕一人，六百石。本注曰：〔註54〕「掌伎樂。
　　　　凡國祭祀，掌請奏樂；及大饗用樂，掌其程序。丞一人。……
　　　　右屬太常。

其執掌大致與西漢太樂相同。至於「承華令」，遍尋史籍，未見有記載其成立時間及經過，最早的相關記載見於安帝永初元年。《後漢書・安帝志》云：

　　　　永初元年九月壬午，詔太僕：少府減黃門鼓吹，以補羽林
　　　　士。

《唐六典・卷十四》載曰：

　　　　後漢少府屬官有承華令，典黃門鼓吹百三十五人，〔註55〕
　　　　百戲師二十七人。

承華令的職責與西漢的樂府令應相差不遠，均有掌管黃門鼓吹，又同屬少府，故其功能應該類似於西漢樂府。然而，黃門鼓吹似乎又自立一署，職責又類似於承華令，《後漢書・祭遵傳》云：

　　　　帝東歸過汧，幸遵營，勞饗士卒，作黃門武樂，良夜乃罷。

〔註52〕大予樂，或作太予樂。太樂或作大樂。因西漢文獻多稱「太樂」，東漢文獻多稱「大予樂」，古筆者於論述中，稱西漢爲「太樂」，東漢爲「大予樂」。

〔註53〕「太子樂令」應爲「大予樂令」。王先謙《集解》引錢大昕曰：「『太子』當爲『大予』。……」

〔註54〕「本注」，指劉昭補注。

〔註55〕章懷注《後漢書・安帝紀》曰：「黃門鼓吹百四十五人。」相差十人。

李賢注：「黃門，署名。」沈欽韓《後漢書·疏證》曰：「武樂，即短蕭歌也。」

可見「黃門署」掌有短蕭鐃歌，與承華令相同。奏有黃門鼓吹與短蕭鐃歌。因此，黃門鼓吹署與承華令可能相屬或分立，但在功能上是類似的。

蔡邕《禮樂志》將漢樂分成四品：大予樂，用於郊廟、上陵；雅頌樂，用於辟雍饗射；黃門鼓吹，用於天子宴樂群臣；短蕭鐃歌，軍中所用。其中一、二品屬於雅樂，由大予樂掌管；三、四為俗樂，屬承華令或黃門署掌理，依舊是雅俗分流。但是在掌理演奏的樂曲方面，卻有所變化。

首先是俗樂雅化的情況。從先秦到漢魏，都有俗樂隨著時間的累積而漸漸被視為雅樂的情形。如《詩經·魏風·伐檀》原屬十五國風之一，為俗樂的範圍。到了西漢，就將之視為「先秦雅樂」。〔註56〕到了東漢，又將西漢時的「鄭聲」立於郊廟樂章，《漢書·禮儀志》曰：

今漢郊廟詩歌，未有祖宗之事，八音調均，又不協於鐘律，

而內有掖廷材人，外有上林樂府，皆以鄭聲施於朝廷。

當時郊廟詩歌，是屬於樂府所作的〈郊祀歌〉，作者為李延年等人。李延年所擅長者為「新聲變曲」，〔註57〕並非周代雅樂。西漢以樂府的俗樂用於朝廷，一直受到衛道者的抨擊，以至於有哀帝罷樂府之事，更何況將俗樂用於祖宗之事。

然而，到了東漢，這些詩歌正式被列入雅樂之中。《後漢書·禮儀志》云：

先立秋十八日，郊黃帝。……歌〈帝臨〉。

帝臨原屬武帝時的〈郊祀歌〉十九章之一，此時用以「郊黃帝」。又郊廟音樂在東漢是屬於大予樂掌理，屬於雅樂。

〔註56〕根據《大戴禮記》，漢時傳有先秦雅樂二十六篇，其中包括〈伐檀〉。
〔註57〕《漢書·外戚傳》：「孝武李夫人，本以倡進。初，夫人兄延年知音，善歌舞，武帝愛之。每為新聲變曲，聞者莫不感動。」

西漢樂府中的〈郊祀樂〉雅化，使東漢的俗樂系統的範圍又較西漢縮小。只需掌理宮廷宴樂（〈相和歌〉、〈雜舞曲〉、〈房中歌〉、〈騎吹〉）、軍中武樂（短簫鐃歌）兩大類，而這兩大類均可由黃門署執行。

二、曹魏以後將〈鼓吹曲〉雅化

（一）曹魏始雅化〈鼓吹〉二十二曲

曹魏的音樂官署大致與漢相仿，有雅、俗二樂之分。其中比較大的差異，在於將漢代的兩組分立音樂官署改成「三署分立」，根據王運熙先生〈漢魏兩晉南北朝樂府官署沿革考略〉的論證，〔註58〕曹魏有「太樂」、「鼓吹署」、「清商署」三個音樂官署。《宋書・樂志一》曰：

> 明帝太和初，詔曰：「禮樂之作，所以類物表庸而不忘其本也。……樂官自如故為太樂。」太樂，漢舊名，後漢依讖緯改太予樂官，〔註59〕至是改復舊。

所以，曹魏明帝曹叡又將東漢「大予樂」改成同西漢之「太樂」。繁欽〈與魏文帝牋〉曰：

> 頃諸鼓吹，求諸異妓。……及與黃門鼓吹溫胡，迭唱迭和。

可見鼓吹署依舊存在於曹魏，只是職責又再度縮小。《魏志・魏王芳紀》裴注引《魏書》曰：

> 清商令令狐景呵華、勗曰：「諸女上左右人，各有官職，何以得爾？」……清商丞諫帝：「皇太后至孝，今遭重憂……。」……太后知他（齊王芳）每見九親婦女有美色，或留以付清商。

由本段引文中，可知當時有「清商」這個官署，職官有令、丞等。《資治通鑑・宋紀》昇明二年，胡注：

> 魏太祖起銅雀臺於鄴，自作樂府，被於管絃，後遂置清商

〔註58〕王運熙《樂府詩述論・漢魏兩晉南北朝樂府官署沿革考略》，大陸上海古籍出版社，1996年6月，第一版，頁171。

〔註59〕《後漢書・顯宗孝明帝紀第二》云：「秋八月戊辰，改大樂為大予樂。」原注：《尚書璇璣鈴》曰：「有帝漢出，德洽作樂名『予』」，故據《璇璣鈴》改之。《漢官儀》曰：「『大予樂』，令一人，秩六百石。」

令以掌之，屬光祿勳。

於是，曹魏確立太樂、鼓吹、清商三樂官分立的規模，清商署又將漢代原屬鼓吹署的〈相和歌〉（清商曲）納入其中。鼓吹署的功能只剩下〈短簫鐃歌〉、〈橫吹〉等軍樂。〔註60〕

曹魏立國之後，繆襲仿漢〈鼓吹曲〉作〈魏鼓吹曲〉二十二首，〔註61〕今存十曲。觀其內容，大異於今存漢〈鐃歌〉十八曲，辭語出自文士之手，較為整齊精練，不見漢〈鼓吹〉樸拙之風。整組為一有系統之創作，用以歌頌魏帝國的開國歷程，多為頌美之詞。偶見描寫戰場之苦如〈克官渡〉、〈舊邦〉、〈定武功〉、〈屠柳城〉等，雖有悲憫戰士作戰之苦、傷亡之痛，但最終的意義仍是稱頌軍士犧牲為國，終得安邦無患。

曹魏的〈鼓吹〉二十二曲是有系統的仿作，目的在於宣揚、頌美開國之功。雖然無法證實當時的鼓吹署是否立於雅樂之中，但歌詞確實有雅化的現象。於是，我們必須再回頭考察一個問題：曹魏如何看待漢代的〈鼓吹曲〉？又如何選取漢〈鼓吹〉曲二十二首作為模仿的對象？

首先，因為魏代的鼓吹署主掌軍樂，而漢代的軍樂也包含在〈鼓吹曲〉之中，所以曹魏作〈鼓吹曲〉時，就以漢代〈鼓吹曲〉為仿作的對象。〔註62〕前已論及中國古代的音樂觀念有以古為雅的現象，又曹魏的〈鼓吹曲〉有雅化的情形，並將清商署獨立，視為俗樂，東漢黃門鼓吹曲大致是演奏相和歌，功能類於清商署，又距曹魏不久。因此，曹魏並不可能以東漢鼓吹樂章為雅樂，遂由漢代的〈鼓吹曲〉中，

〔註60〕因為原本黃門鼓吹的音樂就是以〈相和歌〉和雜舞曲為主，用於宮廷宴會、道路從行等歡宴場合。後遂由清商署取而代之。

〔註61〕《晉書‧樂志》曰：「魏武帝始繆襲造鼓吹十二曲以代漢曲。」當中筆者以為有所誤謬：武帝曹操不可能命繆襲作魏鼓吹曲，因為曹操終其一生並未立國，何以代漢。又其中〈應帝期〉一曲，乃言「文帝以聖德受命，應運期也。」足見作於文地代漢稱帝之後。

〔註62〕以上所謂的漢〈鼓吹曲〉，是泛指漢代可列於鼓吹之中的樂曲而言，不獨指〈鐃歌〉一項。

選出二十二首西漢樂章，並加以仿製。

　　之後，吳、西晉等國也仿漢〈鼓吹〉二十二曲，各自作其〈鼓吹曲〉，依然是仿二十二之數。西晉並正式將〈鼓吹〉列太常之下，《晉書・職官志》云：

　　　　太常有協律校尉，統太樂令、鼓吹令。

自西漢到東漢，太常都是掌雅樂（如西漢的「太樂」，東漢的「大予樂」）的官署，鼓吹至此時與太樂並立於太常之下，雖不能證實已經成為雅樂之列，但至少在當時已有雅化的地位。到了東晉，〈鼓吹曲〉正式成為雅樂，《宋書・樂志一》曰：

　　　　至江左初立宗廟，尚書下太常祭祀所用樂名，……于時無
　　　　雅樂器及伶人，省太樂并鼓吹令。……成帝咸和中，乃復
　　　　置太樂官。

東晉遷都江左，戰亂之後，舊有雅樂的樂器、演奏人員皆缺乏，於是就將太常之中的兩個音樂官署合併，太樂併入鼓吹令之中，鼓吹遂取代雅樂的地位。雖然成帝恢復太樂官，但〈鼓吹曲〉在東晉佔有的地位依然是高於前代。

　　王運熙先生也由曹魏以後的〈鼓吹曲〉內容考察，認為以足以列為廟堂之歌：

　　　　曹魏以後的鼓吹曲，都是由文士撰成，成為歌功頌德的廟
　　　　堂之作，〈鼓吹曲〉由俗樂趨向雅化。〔註63〕

因此，曹魏以後，將西漢的鼓吹曲整理出二十二首，視為漢軍樂，兼具頌德的宗廟之用，並加以仿製。此為今漢〈鼓吹鐃歌〉的組成過程。

（二）沈約定名漢〈鼓吹鐃歌〉十八曲

　　曹魏所定為仿製範本的漢〈鼓吹〉二十二曲，到了沈約之世，又缺了四曲，僅剩十八曲。沈約將之輯錄於《宋書・樂志》之中，是為國史上首次完整記載漢代〈鼓吹〉十八曲的內容，並稱之「漢〈鼓吹

─────────────

〔註63〕王運熙《樂府詩述論・漢魏兩晉南北朝樂府官署沿革考略》，大陸上
　　　　海古籍出版社，1996年6月，第一版，頁171。

鐃歌〉十八曲」。自此之後，此十八曲西漢〈鼓吹曲〉皆以〈鐃歌〉、〈短簫鐃歌〉、〈鼓吹鐃歌〉、或〈鼓吹〉等稱之，尤其是以前三者的稱呼最為普遍。

　　沈約《宋書·樂志》的記載確實有保存資料之功，但卻又為後世學者帶來一個千古難解的困擾——將漢〈鼓吹曲〉以「鐃歌」之名代之。《宋書·樂志一》曰：

> 鐃，有鈴而無舌，有柄，執而鳴之。《周禮》，「以金鐃止鼓」。
> 漢〈鼓吹曲〉曰〈鐃哥〉。

在此之前，並未見有將漢〈鼓吹曲〉稱〈鐃哥（歌）〉者。又《宋書·樂志四》曰：「漢〈鼓吹鐃歌〉十八曲。」以下並自〈朱鷺〉至〈石留〉依次收錄其辭。從此，確立漢代這十八曲〈鼓吹曲〉之名冠以〈鐃歌〉。

　　事實上，沈約之前，並無將這十八曲漢〈鼓吹曲〉稱為〈鐃歌〉的紀錄。陸機〈鼓吹賦〉云：

> 原鼓吹之攸始，蓋稟命於黃軒，播威靈於茲樂，亮聖器而成文。騁逸氣而悲壯，繞煩手乎曲折。舒飄颻以遐洞，卷徘徊其如結。及其悲唱流音，惶依違，韓還嚼弄，乍數乍稀。音躑躅於唇物，若將舒而復回，鼓砰砰以輕投，簫嘈嘈而微吟。詠〈悲翁〉之流思，怨〈高臺〉之難臨。顧穹谷以含哀，仰歸雲而落音。節應氣以舒卷，響隨風而浮沉。馬頓跡而增鳴，士噸顉而沾襟。若乃巡郊澤，戲野坰，奏〈君馬〉，詠〈城南〉，慘〈巫山〉之遐險，歡〈芳樹〉之可榮。〔註64〕

賦中論及〈思悲翁〉（詠〈悲翁〉之流思）、〈臨高臺〉（怨〈高臺〉之難臨）、〈君馬黃〉（奏〈君馬〉）、〈戰城南〉（詠〈城南〉）、〈巫山高〉（慘〈巫山〉之遐險）、〈芳樹〉（歡〈芳樹〉之可榮）共六曲〈鼓吹曲〉。陸機的形容大致與現存漢〈鼓吹鐃歌〉十八曲中的內容相吻合，所以本篇為論述當時所存的漢〈鼓吹曲〉無疑。賦名以〈鼓吹〉而未用〈鐃歌〉，可見在西晉並未將漢〈鼓吹〉曲二十二曲〔註65〕稱為〈鐃

〔註64〕本文為《藝文類聚·儀飾部·鼓吹引》所拾之遺句，非全文。
〔註65〕晉傅玄所作仿漢〈鼓吹曲〉為二十二曲，可見在當時漢〈鼓吹曲〉

歌〉或加入〈鐃歌〉一詞。

　　陸機首句「原鼓吹之攸始，蓋稟命於黃軒」，蓋屬無稽。〔註66〕是否是受了蔡邕「其短簫鐃歌，軍樂也；其傳曰：『黃帝、岐伯所作……』」的說法所引導，不得而知。但在陸機之時，此一組漢〈鼓吹曲〉實未用〈鐃歌〉之名。

　　甚至於同爲《宋書・樂志》所收錄的前代仿漢〈鼓吹曲〉，沈約即未加入〈鐃歌〉一詞。如：「魏〈鼓吹曲〉十二篇」、「晉〈鼓吹曲〉二十二篇」、「吳〈鼓吹曲〉十二篇」。〔註67〕而沈約之世的南朝宋〔註68〕仿漢〈鼓吹曲〉始有加入「鐃歌」一詞，如「〈今鼓吹鐃歌〉辭」，當時何承天私作的十五曲也稱爲「〈鼓吹鐃歌〉十五篇」。可見在沈約之前的仿漢〈鼓吹曲〉均不名〈鐃歌〉。

　　沈約受了蔡邕的影響，判定當時所存漢〈鼓吹〉十八曲爲漢〈短簫鐃歌〉，並輯錄命名漢〈鼓吹鐃歌〉十八曲。後世遂將這十八曲視爲〈鐃歌〉，並與蔡邕之言：「軍樂也」相聯繫，遂產生許多難解的現象。〔註69〕

（三）漢〈鼓吹鐃歌〉十八曲的歌辭來源

　　沈約將曹魏整理的西漢〈鼓吹曲〉命名爲「漢〈鼓吹鐃歌〉十八曲」，此名行之至今約一千五百年。雖履有疑此十八曲不盡爲〈鐃歌〉者，但皆不敢妄改〈鐃歌〉之名。筆者雖也有此推測，但因久已約定俗成，另用其名反而易生混淆，並產生更多的爭議。所以也依傳統繼

　　猶存二十二之數。

〔註66〕蕭滌非語，見《漢魏六朝樂府文學史》，頁48。

〔註67〕魏、吳原本均仿漢〈鼓吹曲〉作二十二篇，但各有十篇不傳。詳見
　　　　《樂府詩集・鼓吹曲辭一》。

〔註68〕沈約生於宋文帝元嘉十八年（西元441年），卒於梁武帝天監十二年
　　　　（西元513年），七十餘年中，有一半的歲月處於南朝宋。

〔註69〕本書第二章有論述自南朝至清代各家對〈鐃歌〉的研究情況，即有
　　　　許多學者或因執著於「軍樂」的觀念而穿鑿附會，或因「軍樂」的
　　　　限制而懷疑一些歌辭的真確性。

續稱之爲漢〈鼓吹鐃歌〉十八曲、或〈短簫鐃歌〉十八曲、甚至直接稱爲〈鐃歌〉十八曲亦無妨。

　　至於漢〈鼓吹鐃歌〉十八曲的歌辭來源，就不純爲軍樂了。因爲曹魏選此十八曲是依據西漢〈鼓吹〉之名而定，所以只要是西漢時可稱爲〈鼓吹〉者即有可能。筆者認爲現存漢〈鼓吹鐃歌〉十八首的內容來源是根據下列兩種用途：〔註70〕

　　1. 軍樂，即蔡邕所謂的〈短簫鐃歌〉。

　　2. 黃門鼓吹，內容有：

　　　（1）紀巡游。

　　　（2）祥瑞頌美。

　　　（3）民間諷謠。

　　　（4）民間抒情歌曲。

其中黃門鼓吹的「紀巡游」、「表祥瑞」兩類應爲宮廷樂工所作；「民間諷謠」、「民間抒情歌曲」兩類是屬採自民間的〈相和歌曲〉。〔註71〕

〔註70〕原本西漢可列爲〈鼓吹曲〉者尚有〈騎吹曲〉與〈橫吹曲〉，惟二者至沈約作《宋書・樂志》時已不傳。

〔註71〕關於漢〈鼓吹鐃歌〉十八曲中，部分取材自民間〈相和歌〉的說明，可參照本書第三章第二節以及王運熙《樂府詩述論・說黃門鼓吹》，大陸上海古籍出版社，1996年6月，第一版，頁213。

第四章　〈鐃歌〉十八曲的句解分析

　　經過前文推演、論證，得知漢〈鐃歌〉十八曲是由西漢〈鼓吹曲〉所輯錄而成。因此，取材的風格差異相當大，大致可歸為軍中音樂、宮廷音樂、民間歌謠，共三大類。其中宮廷音樂又可依功能分為「紀巡游」與「宮中頌美」兩種；民間歌謠依目的又可分為「諷謠」與「抒情」兩種。

　　本章筆者試圖對這三類十七首逐一分析並加以句解。〔註1〕在資料的採用方面，以清代以來學者的考據論述引用最多。第二章中，筆者雖對清代以來數家的句解提出批評，並且認為有些詮釋流於一偏。但若拋開這些學者所自訂的題材限制，〔註2〕他們仍保有清代樸學的的考證精神與細密度，對於字句、典故的考證，後人仍難於出其右。所以筆者以為，以秦漢文獻為基礎，再引用清代學者的研究為輔，並對這些題材有開闊的理解，去重新詮釋漢〈鐃歌〉十八曲，必然會有新的成果。

第一節　軍中音樂

　　漢〈鐃歌〉十八曲中屬於軍中音樂者有〈朱鷺〉、〈將進酒〉兩篇。

〔註1〕其中〈石留〉因資料不足，故不予分類，且未作句解。
〔註2〕如夏敬觀《漢短簫鐃歌注》將〈鐃歌〉十八曲執著於「軍樂」的題材。

一、〈朱鷺〉

《宋書‧樂志》所錄的原文為：

朱鷺魚以鳥路訾邪鷺何食食茄下不之食不以吐將以問誅（一作「諫」）者。

學者對〈朱鷺〉曲的理解主要是比喻、或讚揚「諫者」與宣揚軍事兩類，其中又以論述諫者最多：如莊述祖認為本篇主旨為「思直臣也。」因為「漢承秦弊，始除誹謗妖言之罪，而臣下猶未敢直言極諫焉」。〔註3〕陳沆引述〈魏書‧官氏志〉：「以伺察者為候官，謂之白鷺。取延頸遠望之意。」認為這是一首諷刺漢代的御史不能善盡伺察糾舉的詩歌。〔註4〕

主張軍中歌曲者，主要是夏敬觀，他認為本曲「鷺以繪鼓，兼取厭敵之意」。〔註5〕

不論是主張論述諫者，或是用於軍中，二者對「朱鷺」意象起興大致均認為是飾於鼓上之鷺，並藉「鼓」與「朱鷺」的關係作比喻、論述。《隋書‧樂志》曰：「建鼓，殷所作，又棲翔鷺於其上，不知何代所加。」《譚苑醍醐》云：「漢初有朱鷺之瑞。故以鷺形飾鼓，又以朱鷺名〈鼓吹曲〉也。」則朱鷺繪於鼓上，原是取其祥瑞之意。朱乾《樂府正義》曰：「古有樹敢諫之鼓，成周建路鼓已通下情而然歟。」則是取其敢諫之寓。

筆者以為，〈朱鷺〉與鼓確有關係。但不用於比喻「諫者」，因為漢代是否有「敢諫之鼓」，並不可得知，且敢諫之鼓與「朱鷺」之間並未有直接的關係。更何況直言諫者，當如《魏書》所謂「白鷺」，又何須命名「朱鷺」？並且「鷺食魚」以為有欲諫之言，為何終又「不以吐」？諫士之責本在於主動進諫言，怎得要求「人君當屈己求諫」。〔註6〕

〔註3〕見莊述祖《漢鼓吹鐃歌曲句解》。
〔註4〕見陳沆《詩比興箋》。
〔註5〕見夏敬觀《漢短簫鐃歌注》。
〔註6〕見莊述祖《漢鼓吹鐃歌曲句解》。

　　因此，用於諫者，筆者以爲與〈朱鷺〉曲意不合。若用於軍中，以鳴鼓喻進軍，用鼓上所繪之鷺起興，思及己方如鷺，敵若魚，鷺之食魚，何其易也。言此戰必勝之意。鼓上所飾之鷺，其色朱，故名〈朱鷺〉。又漢樂府多有聲辭相雜的現象，所以在句解之前，先要剔除用以和曲，並無意義之「泛聲」，辭意才能通曉。

　　〈朱鷺〉中的泛聲字，目前可曉應有三字：「鳥」、「路」、「邪」。〔註7〕去除以上泛聲字，可得其句讀如下：

　　　　朱鷺，魚以（鳥）（路）訾（邪），鷺何食？食茄下。不之
　　　　食，不以吐，將以問誅者。

全曲辭意爲：以戰鼓上的朱鷺比喻成漢軍，以魚比喻成敵軍。「魚以訾」，朱乾《樂府正義》曰：「訾與觜通，娵觜通，作娵觜。《廣韻》：『喙也。』」即鷺以喙食魚，魚本當爲鷺所食。二者之間寓有我軍必勝之宿命，此般說法，具有提振士氣、增強信心之效能。「茄」，荷之莖，《爾雅·釋草》：「荷芙蕖，其莖茄」，意味敵軍雖已藏匿，我軍亦可滅之。「不之食，不以吐，將以問誅者。」即不輕殺，亦不輕縱，惟其所當誅者是問。以此說明本軍雖是優勢之方，但在戰陣上依然能謹守份際，既不縱敵，亦不多殺，故不僅是驍勇善戰之旅，更是不會妄殺生靈的仁義之師。

二、〈將進酒〉

　　《宋書·樂志》所錄的原文爲：

　　　　將進酒乘太白辨加哉詩審博放故歌心所作同陰氣詩悉索使
　　　　禹良工觀者苦

　　關於〈將進酒〉歌辭的義涵，學者的看法相當紛雜。有視爲「戒飲酒無度也」，如莊述祖；〔註8〕有視爲「燕飲之詩也，賦詩贈答，以

〔註7〕　莊述祖《漢鼓吹鐃歌曲句解》曰：「路、邪，皆聲」。譚儀《漢鼓吹鐃歌十八曲集解》曰：「鳥、路、邪皆聲。」
〔註8〕　出自《漢鼓吹鐃歌曲句解》。本章以下如再有用該書之引文，將直書莊述祖言，不另註出處。

禮勸酬，無沈湎之失焉。疑亦武帝柏梁賦詩時事。」如陳沆；〔註9〕也有視爲「武帝祀舜而作」，如王先謙。〔註10〕視爲軍樂者，也有如夏敬觀「古者戰勝而歸，飲於宗廟」〔註11〕的凱歸頌曲。

　　筆者以爲，〈將進酒〉的語法輕快，以三言爲主，確實是適合用於歡宴的場合，但如果又加入一些勸諭之意，稍嫌迂腐。夏敬觀主張戰勝而歸飲於宗廟，恰可用以提振軍心，又與《周禮・大司馬》云：「詩有功則愷樂獻於社」之意相符合，鄭注並云：「兵樂曰愷，獻功於社。」而〈將進酒〉的「將」字，包含有即將、期待之意，可令陣前軍心大振，紛紛效命以求早日歸朝。至於宴飲於廟，只是一種對戰勝返鄉的象徵。

　　本詩字句緊湊，三言一句爲主，不見虛字。朱學瓊以爲曲中似有假借與形誤字，〔註12〕但因缺乏證據，筆者不敢擅加增改。句讀如下：

　　　將進酒，乘太白。辨加哉，詩審博。放故歌，心所作。同
　　　陰氣，詩悉索。使禹良工，觀者苦。

句首將進酒，謂即將進飲酒於宗廟，夏敬觀曰：「古者戰勝而歸，飲於宗廟，曰：『飲至』。」乘太白，《漢書・敘傳》：「飲滿舉白」。「太」，或云：「大」。「乘」，剩也。謂飲盡剩空杯。「辨加哉」，「辨」、徧通，〔註13〕即徧加爵之意。「審」，度也，〔註14〕「博」，多廣也。謂飲酒

〔註9〕 出自《詩比興箋》。本章以下如再有用該書之引文，將直書陳沆言，不另註出處。

〔註10〕 出自《漢鐃歌釋文箋注》。本章以下如再有用該書之引文，將直書王先謙言，不另註出處。

〔註11〕 出自《漢短簫鐃歌注》。本章以下如再有用該書之引文，將直書夏敬觀言，不另註出處。

〔註12〕 朱學瓊〈漢鼓吹鐃歌的聲辭分析及解說〉一文云：「此曲有泛聲，又有假借字與形誤字，故辭旨艱澀難解。」

〔註13〕 《左氏・定八年傳》：「辨舍爵於季氏之廟。」杜預注曰：「辨，猶週徧也。」參見《春秋左傳注》（修訂本），楊伯峻編著，中華書局，1995 年 10 月第五次印刷，頁 1570。大陸北京。

〔註14〕 張衡〈東京賦〉：「審曲面勢。」薛綜注：「審，度也。」參見《昭明文選》，蕭統編，漢京文化事業有限公司，民國 72 年 9 月初版，台北。

多巡，前人所度之曲也多，用以配合飲酒奏樂。「放故歌」，放，依也，〔註15〕因前人所度之曲多，故依其舊曲而唱之。「心所作」，云雖依舊曲而唱，實爲吾心所感發。「同陰氣」，「陰」，飲也。〔註16〕故莊述祖改「陰氣」爲「飲汔」，「汔」，盡也。「悉」、「索」，皆謂「盡」也。〔註17〕意爲當杯中之酒一飲而盡之時，所奏唱的詩歌也已演奏殆盡。

以上幾句接續「將進酒，乘大白」之意而來，將整個飲酒唱歌的歡愉情形表現出來。又本辭所描述爲飲酒於宗廟，故所唱、所演奏之曲當爲舊時的雅樂，所以稱爲「故歌」。

最後因爲飲酒徧加爵，所以故歌唱盡，使得如王禹這類的雅樂保留者，〔註18〕以及優良樂工們觀此情景，豈不憂傷雅樂之不足。故云：「使禹良工，觀者苦。」〔註19〕以此比喻暢飲放歌之盡興。

第二節　宮廷音樂之一：紀巡游音樂

漢〈鼓吹鐃歌〉十八曲中，宮廷音樂之中，又可依功能分成「紀巡游」的道路從行與「宮中頌美」的朝廷宴會音樂兩類。

本節先行介紹「紀巡游」音樂。

〔註15〕 《國語·楚語》：「民無所放。」章昭注曰：「放，依也。」漢京文化事業有限公司，民國72年12月初版，台北。

〔註16〕 《周禮·酒正》鄭玄注：「后致飲。」賈公彥疏曰：「飲是陰。」《十三經注疏本》，東昇出版事業公司。

〔註17〕 張衡《東京賦》：「悉率百禽。」薛綜注：「悉，盡也。」；陸機《歎逝賦·序》：「索然已盡。」李善注曰：「索，盡貌。」二者均收錄於《昭明文選》，蕭統編，漢京文化事業有限公司，民國72年9月初版，台北。

〔註18〕 王禹爲西漢的謁者，著名雅樂保留者。《漢書·禮樂志》曰：「至成帝時，謁者常山王禹世受河間樂，能說其義。」《漢書·藝文志》亦錄有《王禹記》二十四篇，並列於《樂記》、《雅歌詩》、《雅琴趙氏》等雅樂之列。《漢書·藝文志》又云：「武帝時，河間獻王好儒，與毛生等共采《周官》及諸子言樂事者，以作《樂記》。獻八佾之舞，與制氏不相遠。其內使王定傳之，以授常山王禹。禹，成帝時謁者，數言其義，獻二十四卷記。」

〔註19〕 《呂氏春秋·遇合》：「自苦而居海上。」高誘注曰：「苦，傷也。」

「紀巡游」的音樂，是由黃門鼓吹演奏，〔註 20〕用於帝王巡游途中。主要也是誇大帝王的功績，美其遊歷海內之事，且頌歌最後都會加入關於祝禱之詞，此與帝王巡游多爲郊祀、宣揚功績的目的有關。

十八曲中，屬於宮廷音樂之紀巡游音樂者，計有〈上之回〉、〈聖人出〉、〈臨高臺〉、〈遠如期〉四曲。

一、〈上之回〉

《宋書・樂志》所錄的原文爲：

> 上之回所中益夏將至行將北以承甘泉宮寒暑德游石關望諸
> 國月氏臣匈奴服令從百官疾驅馳千秋萬歲樂無極

本詩各家看法較爲一致，大多認爲是屬於帝王巡游之詩，只是所歌頌的帝王爲誰，看法不一。如莊述祖認爲本篇的主旨爲「紀巡狩也」，所頌者爲宣帝；〔註21〕陳沆也言：「此詠漢帝幸回中事也」，；王先謙認爲：「此因武帝往回中，游觀耀武而作頌也」；夏敬觀則認爲此詩所述，自武帝至宣帝之事。《漢短簫鐃歌注》曰：

> 余謂月氏臣以上所述，皆武帝時事：武帝數幸回中，宣帝
> 未嘗至回中也；匈奴服以下，則皆宣帝事，此辭蓋宣帝時
> 所作，辭意以匈奴臣服，歸功武帝。故上述自武帝之通道
> 回中始，以迄匈奴臣服，亦揚德之辭也。

然而本曲所述相當一貫，不像是跨越兩位帝王的歷史，且事蹟、地點均明顯，是有著明確的針對性。所以筆者認爲全曲是歌頌單一帝王，作於一次的巡游途中，或巡游歸來。

然而，學者多以「回」字爲「回中」之地，實際上，若以「回中」解釋「回」，則本詩將會有矛盾處。宣帝時，匈奴臣服，於時合於本曲，但宣帝未曾幸回中，則始句及不合宣帝事；武帝曾兩度

〔註20〕雖然〈騎吹曲〉亦可用於紀巡游，但因爲疑是〈騎吹曲〉的〈務成〉、〈玄雲〉、〈黃爵〉（黃雀）、〈釣竿〉四曲僅存篇目，樂辭已佚，所以本節僅討論〈黃門鼓吹〉一類。

〔註21〕莊述祖曰：「按：匈奴之服在神爵二年，至甘露三年始來朝。是〈上之回〉、〈上陵〉、〈遠如期〉三曲蓋作於一時者矣。」

幸回中，分別為：「（元封）四年冬十月，行幸雍，祠五畤。通中回
中道，……」以及「（元封）六年冬，行幸回中。」〔註22〕然而，
武帝元封年間兩度幸回中皆為冬季，與「夏將至」相矛盾。所以，
如果以「回中」解「回」，則與武帝、宣帝之事均不相合。如果將
「回」以動詞解，表「回到」，則本詩即可知為武帝之事。終宣帝
之世，並未曾有過夏季行幸甘泉宮的紀錄，武帝則曾於元封元年二
度巡游歸於甘泉，其中一次為冬十月，一次為夏四月。〔註23〕所以
本詩所歌頌之帝王事蹟應為武帝。

　　武帝於元封元年冬行幸甘泉，是有軍事及宣揚國威的目的。《漢
書‧武帝紀》曰：

> 元封元年，冬十月，詔曰：「南越、東甌咸服其辜，西蠻北
> 夷頗未輯睦，朕將巡邊陲，擇兵振旅，躬秉武節，置十二
> 部將軍，親率師焉。」行至雲陽，北歷上郡、西河、五原，
> 出長城，北登單于臺，至朔方，臨北河。勒兵十八萬，旌
> 旗徑千餘里，威振匈奴。遣使者告單于曰：「南越王頭已縣
> 漢北闕矣。單于能戰，天子自將待邊；不能，亟來臣服。
> 何但亡匿幕北寒苦之地為！」單于讋焉。還，祠黃帝於橋
> 山，乃歸甘泉。

此段紀錄，足以說明詩中「望諸國，月氏臣，匈奴服」之意。事實上，
當時諸國僅有月氏、匈奴未服，作此語有誇大之意，也有預祝之頌。

　　同篇又敘：

> （元封元年夏四月）行自泰山，復東巡海上，至碣石。自
> 遼西至北邊九原，歸于甘泉。

此為同年夏季四月，約今陰曆六月，巡游而歸于甘泉。兩次巡游相距
時間不久，又皆歸于甘泉，故二事合記而作歌以頌美。

〔註22〕以上二則均出自《漢書‧武帝志》。

〔註23〕武帝於太初元年改正曆法，以正月為歲首。之前皆以十月為歲首，
　　　　故元封元年冬十月是在夏四月之前。《漢書‧武帝紀》：「夏五月，正
　　　　曆，以正月為歲首。色上黃，數用五，定官名，協音律。」

本文未見泛聲字，直書句解如下：

上之回所中，益夏將至。行將北，以承甘泉宮，寒暑德。
游石關，望諸國。月氏臣，匈奴服。令從百官疾驅馳，千
秋萬歲樂無極。

首句表天子回到「行所中」，〔註24〕「益」，增長之意。即謂長夏將
至，於是北上避暑於甘泉宮。《呂氏春秋‧貴信篇》曰：「春之德風，
夏之德暑，秋之德雨，冬之德寒。」「承」，迎也。〔註25〕大意為：
武帝於長夏將至之時，北游甘泉宮，以迎合四時之德。並遊歷「石
關」，〔註26〕望向北方諸國，均已臣服於大漢之下，顯示武帝一時
意氣風發，國勢鼎盛。

　　經由上述的分析整理，可知本曲應作於武帝元封元年，第二次巡
游而歸甘泉宮避暑時所作。這兩次巡游，威震塞北，遊歷之範圍又廣
泛，可為極武帝之所好。於是作此歌以頌美，末二句純為歌頌之語。

二、〈聖人出〉

《宋書‧樂志》所錄的原文為：

聖人出陰陽和美人出游九河佳人來騑離哉何駕六飛龍四時
和君之臣明護不道美人哉宜天子免甘星笠樂甫始美人子含
四海

學者對本詩的看法也相當分歧，有人主張作此辭以「思太平也」；〔註27〕
也有主張歌頌帝王之功；〔註28〕另有主張帝王祀神而作，〔註29〕皆與歌
頌帝王、紀其巡游難以相合。然而，這些說法之中，都有歌頌帝王的共

〔註24〕行所，天子所在之處。班固〈西都賦〉云：「行所朝夕。儲不改供。」
　　　　蔡邕〈獨斷〉云：「天子所在曰『行在所』。」
〔註25〕《莊子‧大宗師》曰：「若不足而不承。」李弘範注曰：「承，迎也。」
〔註26〕揚雄〈甘泉賦〉：「封巒、石關，迤靡乎延屬。」李善注曰：「《三輔
　　　　黃圖》：『封巒、石關，皆宮名。』」
〔註27〕莊述祖曰：「秦楚之際，民無定極，漢高祖既滅項羽，即位於濟陰定
　　　　陶，百姓皆欣欣然，知上有天子焉。」
〔註28〕陳沆曰：「宣帝初年，嘉祥數臻，人民安樂，故有陰陽和之語。」
〔註29〕王先謙曰：「此因武帝祀神君而作歌。」

通點，並有相當明顯的巡游意象，因此本詩當列爲紀巡游的頌美歌詞。

　　許多學者都執著於考證本詩所歌頌的帝王爲誰，並努力尋求歷史典故以符合本詩之背景。筆者以爲這些工作雖不能說無意義，但無論以任何歷史事蹟配合而成爲的背景或描述事件，都缺乏說服力。這一篇歌辭中，雖有提出「聖人」、「美人」、「佳人」等「人物」，但這些「人物」的涵蓋性都相當大，難以作爲單一對象說明；又提出一些事物，如「陰陽和」、「九河」、「飛龍」、「四海」，這些事物又充滿神仙想像以及不確定性。所以，這首詩不應該以具體的對象、事蹟加以考證。

　　黃門鼓吹多有宴樂之作，這些作品必須投帝王之所好。漢代帝王之中，好神仙思想以及巡游者，以武帝與宣帝爲最。所以這首歌辭的歌頌對象即可能是武帝或宣帝，創作的背景可能爲帝王巡游途中，或巡游歸來而作，以娛帝王。本文句式整齊，泛聲僅有「何」〔註30〕一字。重標句讀如下：

　　　　聖人出，陰陽和；美人出，游九河；佳人來，騑離哉。（何）
　　　　駕六飛龍四時和，君之臣明護不道。美人哉，宜天子。免
　　　　甘星笙樂甫始，美人子，含四海。

聖人出」、「美人出」、「佳人來」均指帝王出巡。「聖人」、「美人」、「佳人」同義複詞。因爲之後的「陰陽和」、「游九河」、「騑離哉」是用以美帝王出巡，「陰陽和」以喻帝王出巡，使萬物調和；「游九河」是取自《楚辭・九歌・少司命》：「與汝游兮九河」，富有神仙想像的情境；「騑」，騑駟，服右之馬。〔註31〕「離」，並也。〔註32〕「騑離哉」，言駟馬並列而來，呈現盛大、莊嚴的景象。三者形成一種充滿神化、浪漫的遨遊空間，可謂極力頌美帝王出遊之能事。此三事所對應者都是帝王，在修辭上，三次言及帝王自然以不重複稱呼爲佳，故分別以

〔註30〕夏敬觀曰：「樂人歌時讀爲『何』，故『何』字乃聲也。」
〔註31〕顏延年〈陽給事誄〉曰：「如比騑駟，配服驂衡。」李善注曰：「在服之左曰驂，右曰騑。」參見《昭明文選》，蕭統編，漢京文化事業有限公司，民國72年9月初版，台北。
〔註32〕《後漢書・和熹鄧氏皇后紀》劉昭注曰：「離，並也。」

「聖人」、「美人」、「佳人」三辭與之相對。

「駕六飛龍，四時和」，喻帝出巡行游，則恩廣布，將長致四時之和氣。《續漢書‧輿服志》云：「御駕六，餘皆駕四。」逸《禮》王度記曰：「天子駕六馬，諸侯駕四。」飛龍以喻馬，馬高八尺以上曰龍，爲天子所乘。〔註33〕「君之臣明護不道」，乃美君臣能共護正道，「護不道」應爲「護道」之意，偏義複詞。臣之明乃君之知人也，故又再以「美人哉，宜天子」歌頌之。「免甘星筮樂甫始」，意爲：無須求以甘公星筮推算，〔註34〕因爲天數實已在漢，由安樂甫始即可爲明證。

最後「美人子，〔註35〕含四海」是言國君之臣民遍及四海之內，以示國運昌隆之意，並以此作本曲之結。

三、〈臨高臺〉

《宋書‧樂志》所錄的原文爲：

臨高臺以軒下有清水清且寒江有香草目以蘭黃鵠高飛離哉翻關弓射鵠令我主壽萬年收中吾

莊述祖認爲本辭的主旨爲「諫亂也」；〔註36〕陳沆云：「此游宴頌美之詞也，江草香蘭，非西京事。疑武帝南巡時浮江所作。」〔註37〕王先謙也認爲是武帝南巡時，從行人員所作，但並非全屬頌美，而是有「頌

〔註33〕《儀禮‧覲禮》：「天子乘龍。」賈公彥疏曰：「馬八尺以上爲龍。」《十三經注疏本》，東昇出版事業公司。

〔註34〕《天官書》云：「昔之傳天數者在齊甘公。」故云「甘星筮」。

〔註35〕《楚辭‧九歌‧少司命》曰：「夫人自有兮美子」，王逸注曰：「『夫人』，謂萬民也，……言天下萬民自有子孫。」李周翰注曰：「『夫』，凡也。……言凡人各自有美愛臣子。」故「美人子」中的「子」，可謂萬民或臣子。

〔註36〕《漢鼓吹鐃歌曲句解》云：「春申君黃歇相楚，考烈王無子，歇納李園女弟，有身，進之王，生子以爲太子。園謀殺歇以滅口，國人知之而作此詩」。

〔註37〕〈漢書‧武帝紀〉云：「（元封）五年冬，行南巡狩，至於盛唐。望祀虞舜于九嶷。登灊天柱山，自尋陽浮江，親射蛟江中，獲之。舳艫千里，薄樅陽而出，作〈盛唐樅陽之歌〉。遂北至琅邪，並海，所過禮祠其名山大川。

不忘規」之意。〔註38〕夏敬觀仍主張征伐揚威之作。筆者以爲，莊氏、王氏之說，賦予本詩過多的歸諫目的，觀其全詩，多爲美景、香草，以及頌美之句所構成，實無須多加附會。夏氏以軍旅目的之說則更不然。陳沆之說，大致可信，但「江草」、「香蘭」漢人多用於比喻人君或賢臣，無須刻意以其產地而認定其作於江南，並比附武帝南巡之事。

本曲末之「收中吾」爲泛聲，劉履曰：「篇末有『收中吾』三字，其義未詳，疑特曲調之餘聲。」本曲句解如下：

> 臨高臺以軒，下有清水清且寒。江有香草目以蘭，黃鵠高
> 飛離哉翻。關弓射鵠，令我主壽萬年。（收中吾）

「江」、「黃鵠」等皆爲宮外之景物，故本曲應作於帝王巡游途中。徐爰〈射雉賦〉云：「軒，起望也。」故本曲由臨高臺而望起，所望之物爲清水、蘭，爲潔淨、芬芳之物，亦可比爲正直之賢臣。此語爲帝王至高臺而望，所見皆爲賢良之臣，以示帝王能用君子，有知人之明。

譚儀曰：「古者宴飲則有禮射，漢世遺意猶存。」〔註39〕則知以下射鵠之事，乃爲以游宴之禮也。本詩之作，是爲游宴助興之用，詞意多有讚美君王。最後以射禮祝頌爲結。

四、〈遠如期〉

《宋書・樂志》所錄的原文爲：

> 遠如期益如壽處天左側大樂萬歲與天無極雅樂陳佳哉紛單
> 于自歸動如驚心虞心大佳萬人還來謁者引鄉殿陳累世未嘗
> 聞之增壽萬年亦誠哉

本辭是漢〈鼓吹鐃歌〉十八曲爭議最少，意見最爲一致的一首。學者幾乎都認爲是「作者述單于歸誠之辭」。〔註40〕莊述祖更明確提出是「紀呼韓邪單于來朝也」，陳沆與夏敬觀亦同於莊氏之見。譚儀主張

〔註38〕王先謙云：「武帝南巡浮江，從臣舉當時所見之景物，作爲歌詞，以寓頌不忘規之意。欲帝居高怳下，遠佞親賢，固丕基以收成功也。」
〔註39〕見譚儀《漢鼓吹鐃歌十八曲集解》。
〔註40〕王先謙語。

是以宣帝朝單于來歸之事，追憶武帝所奠定的功績。〔註41〕

本曲未見泛聲字，句解如下：

> 遠如期，益如壽。處天左側，大樂，萬歲與天無極。雅樂
> 陳，佳哉紛。單于自歸，動如驚心，虞心大佳。萬人還來，
> 謁者引，鄉殿陳，累世未嘗聞之。增壽萬年亦誠哉！

「如」、而通，猶「女」也。〔註42〕始句用以祝賀宣帝，謂汝之國祚
綿遠，汝之年壽益增也。「處天左側」，「左」，君位也。〔註43〕言帝王
處於天之左，也就是處於君位，足稱「大樂」，又堪稱「萬歲與天無
極」，意謂壽與天齊。此呼應「遠如期，益如壽」。「雅樂陳」，長奏雅
樂也。「陳」，久也。〔註44〕「佳哉紛」，「紛」，盛多。〔註45〕謂長奏
雅樂，美事盛多。本詩至此盡為頌美帝王，歌其久壽與天齊，又可長
享安樂。以下具體說明君王足以長享安樂之因：

《漢書·宣帝紀》：

> （甘露二年十二月）呼邪韓單于款五原塞，願奉國珍朝。

> （甘露）三年春正月，行幸甘泉，郊泰時。匈奴呼韓邪單
> 于稽侯狦來朝，贊謁稱藩臣而不名。賜以璽綬、冠帶、衣
> 裳、安車、駟馬、黃金、錦繡、繒絮。使有司道單于先行
> 就邸長安，宿長平。上自甘泉宿池陽宮。上登長平阪，詔
> 單于毋謁。其左右當戶之群皆列觀，蠻夷君長王侯迎者數
> 萬人，夾道陳。上登渭橋，咸稱萬歲。單于就邸，置酒建
> 章宮，饗賜單于，觀以珍寶。二月，單于罷歸。

〔註41〕 譚儀《漢鼓吹鐃歌十八曲集解》曰：「案漢昭宣之世，海內殷茂，蒙
業又安。武帝宣威域外，中國益尊。而輪臺之悔，仁心為質，朝廷
之達，奚斯吉甫之倫。推本世祖，導楊懿美，固其所也。」

〔註42〕 《禮記·曾子問》：「如有昆弟及諸父。」鄭玄注曰：「如，而也。」
《十三經注疏本》，東昇出版事業公司。

〔註43〕 《呂氏春秋·悔過》曰：「左不軾而右之。」高誘注曰：「左，君位
也。」中華書局，民國26年2月發行，上海。

〔註44〕 《黃帝素問·奇病論》：「治之以蘭除陳氣也。」王冰注曰：「陳，謂
久也。」台灣商務出版社，民國57年台一版。

〔註45〕 〈離騷經〉：「紛種種其離合兮。」朱熹注曰：「紛，盛多貌。」

此爲本詩主要的歷史背景，藉漢宣帝巡遊至甘泉，匈奴呼韓邪單于入謁的事蹟，加以渲染，以娛宣帝。「動如驚心」，指單于自動歸降，懾服於天朝的聲威。「虞心大佳」，「虞」與「娛」同，〔註46〕謂帝王見單于自歸，心中大爲愉悅。「萬人還來」，指引文中「蠻夷君長王侯迎者數萬人」。這些蠻夷君長在謁者的指引之下，列於殿內中飲酒。「謁者」，漢時屬於光祿勛，掌管賓讚壽事等職務。「鄉」，飲酒。〔註47〕「殿」，屋之高嚴。〔註48〕「累世未嘗聞之」，即爲《漢書・宣帝紀》云：

　　　　（甘露二年十二月）（有司）咸曰：「……匈奴單于鄉風慕
　　　　義，舉國同心，奉珍朝賀，自古未有之也。」

最後「增壽萬年亦誠哉」，是與首句「遠如期，益如壽」相呼應。

　　辭中充滿歡樂、盛大、祝賀、恭賀的辭句與氣氛。。所以王先謙曰：「當時群臣因述其歸誠之詞，作歌以頌漢功德。」

第三節　宮廷音樂之二：頌美音樂

　　漢〈鼓吹鐃歌〉十八曲中，屬於「宮中頌美」的宮廷音樂也是由黃門鼓吹演奏，用於宮廷宴會，內容亦皆爲頌美帝王之事，其內容多以神仙想像或祥瑞符應之事爲頌，計有〈翁離〉、〈上陵〉二曲。

一、〈翁離〉

　　《宋書・樂志》所錄的原文爲：

　　擁離趾中可築室何用葺之蕙用蘭擁離趾中

莊述祖認爲本篇主旨爲「思賢也」，因爲「賢者在位，則引其類與並進焉」；王先謙王先謙認爲是「歌者諷武帝上林之役」；夏敬觀主張「此辭當是元鼎六年開鬱林、蒼梧、交趾等郡時所作」。

　　筆者以爲，此辭文句理路並不明顯，恐非有實指的對象或目的。

〔註46〕《漢書・禮樂志》：「合好効歡虞。」泰一注曰：「虞，與娛通。」
〔註47〕《禮記・王制》：「習鄉上齒。」鄭玄注曰：「鄉，謂飲酒也。」《十三經注疏本》，東昇出版事業公司。
〔註48〕《漢書・循吏黃霸傳》：「先上殿。」注曰：「古者屋之高嚴通呼爲殿。」

類似於楚辭的神仙想像與幻化的境界，應作於宮廷以娛帝王。本辭各家均未指出有泛聲字，句解如下：

擁離趾中可築室。何用葺之？蕙、用蘭。擁離趾中。

本詩之意如同屈原《九歌・湘夫人》：

沅有芷兮澧有蘭，……築室兮水中，葺之兮以荷蓋。

「擁離」，《爾雅・釋姿容》：「擁，翁也，翁撫之也」。朱熹《楚辭集注・離騷經》曰：「離，香草，生與江中。」「趾」，應爲「芷」。則「離」、「趾」、「蕙」、「蘭」，皆爲香草。本曲脫胎於〈湘夫人〉，以一連串的香草喻君主，並給予一種神化的形象。大意爲：撫「芍藥」、「芷」於室中，原來這是可用以築室的香草。又用何物葺蓋屋頂？是蕙和蘭兩種香草。最後「擁離趾中」是用於曲末複誦。

故本曲是以楚辭的神仙想像，藉美好的香草以美化帝王。應該是由〈湘夫人〉中摘句以合律，並略作轉化而成。

二、〈上陵〉

《宋書・樂志》所錄的原文爲：

上陵何美美下津風以寒問客從何來言從水中央桂樹爲君船青絲爲君笮木蘭爲君欀黃金錯其間滄海之雀赤翅鴻白雁隨山林乍開乍合曾不知日月明澧泉之水光澤何蔚蔚芝爲車龍爲馬纜邀遊四海外甘露初二年芝生銅池中仙人下來飲延年千萬歲

本曲的創作時間爲宣帝甘露二年，或稍後。學者對此曲的看法並無太多歧出的意見。咸認爲「紀福應也」〔註49〕、「頌陵津之美，應有仙人來游，以諛宣帝」〔註50〕、「皆記瑞應之事」。〔註51〕全詩未見泛聲，句解如下：

上陵何美美，下津風以寒。問客從何來，言從水中央。桂

〔註49〕莊述祖語。
〔註50〕王先謙語。
〔註51〕夏敬觀語。

樹爲君船，青絲爲君筰，木蘭爲君櫂，黃金錯其間。滄海
之雀、赤翅鴻、白雁隨。山林乍開乍合，曾不知日月明。
澧泉之水，光澤何蔚蔚。芝爲車，龍爲馬，纜遨遊，四海
外。甘露初二年，芝生銅池中。仙人下來飲，延年千萬歲。

全詩句式相當整齊，無韻，意境有如《楚辭》。〔註52〕大致可分三段，
首句至「黃金錯其間」爲其一；自「滄海之雀」至「光澤何蔚蔚」爲
其二；自「芝爲車」至詩末爲其三。第二段是記錄宣帝時的福應現象，
第一段是虛設想像，第二段用神仙事蹟以及一連串神化美物爲引，接
著導入當時的瑞應傳說。最後一段以傳說與神化遨遊、仙人降凡之事
相結合，並藉以頌美作結。所以本曲的創作本事應爲第二段，故由第
二段先闡釋。

《漢書・宣帝紀》：

元康三年，以神爵數集泰山，賜諸侯王、丞相、將軍、列
侯、二千石金，郎從官帛，各有差。

（神爵）四年詔曰：「乃者，神爵五采以萬數集長樂、未央、
北宮、高寢、甘泉泰時殿中及上林苑。」……五年，改元
「神爵」。

（甘露二年）詔曰：「乃者鳳皇、甘露降集，黃龍登興，澧
泉旁流，枯槁榮茂，神光並現，咸受禎祥。」

宣帝時，有數次鳳凰、五彩神雀以萬數集之事。因此以「滄海之雀、
赤翅鴻、白雁隨。山林乍開乍合，曾不知日月明」以形容神雀之多，
或聚或散於山林之中，遮日蔽月，竟使人對日月之明亮不得而知。「澧
泉之水，光澤何蔚蔚」即爲引文中「澧泉旁流，枯槁榮茂，神光並現，
咸受禎祥」之記載，亦爲紀符應之事。

〔註52〕梁啓超《中國之美文及其歷史》：「這首詩差不多沒有韻，但細讀
仍覺音韻渾成，意境有點像〈離騷〉、〈遠遊〉。」汪中《樂府詩紀》
也云：「此偏亦美時事，而鋪陳穠穠，下開〈陌上桑〉、〈羽林郎〉
諸作，以五言爲主，『芝爲車』數句，情思恍惚，全祖屈騷，風華
掩映，太白之票姚，似又規撫於此，眞文學之甘醴，令人汲之不
盡矣。」

第一段以神仙想像，導引出第二段的時事，有加深第二段事蹟的神化效果。「上陵」用以對應「下津」，並非指「上世祖陵」；〔註53〕「美」，福慶也。〔註54〕「美美」，言福慶之眾至也。接著想像仙人自水中央而來，本句應由《詩經‧秦風‧蒹葭》：「宛在水中央」而得。以下桂樹爲船、〔註55〕青絲爲筌、〔註56〕木蘭爲櫂、〔註57〕金錯其間，都是窮極神異的事物堆砌，可謂極其想像馳騁，呈現一幅華麗、浪漫的圖像。

第三段也是縱橫想像，「芝」，神草也。〔註58〕乘芝車，駕龍馬，以遨遊於四海之外，似乎有意與第一段的桂船、蘭櫂相呼應。神爵元年詔曰：「迺者金枝九莖產於函德殿銅池中。」事在「甘露初二年」以前，應爲此事與禮泉滂流、鳳凰神雀翔集之事於甘露二年合入本曲之中。所以最後以「芝生銅池中，仙人下來飲，延年千萬歲」的時事與想像相錯作結，寓有祝賀帝王延年之美意。

第四節　民間歌謠之一：諷刺歌謠

漢〈鼓吹鐃歌〉十八曲中，屬於民間的樂章是採自〈相和歌〉，筆者以爲這些民間歌曲所呈現的態度有兩種：一爲表現對現實的不

〔註53〕陳沆云：「《後漢書‧禮儀志》曰：『正月上丁，祀南郊，次北郊、明堂、高廟、世祖廟，謂之五供，以次上陵，太常樂奏食舉。』案：世祖廟立於宣帝，此時多言神仙瑞應之事，蓋上世祖陵作也。」
〔註54〕《周禮‧行夫》：「嫩惡而無禮者。」鄭玄注曰：「美，福慶也。」《十三經注疏本》，東昇出版事業公司。
〔註55〕《說文》：「桂，江南木，百藥之長。」
〔註56〕鮑明遠〈白頭吟〉：「直如朱絲繩」。李善注曰：「朱絲，朱絃也。」參見《昭明文選》，蕭統編，漢京文化事業有限公司，民國72年9月初版，台北。則「青絲」當爲「青絃」之意。
〔註57〕左思〈蜀都賦〉：「其樹則有木蘭。」李善注曰：「木蘭，大樹也。」參見《昭明文選》，蕭統編，漢京文化事業有限公司，民國72年9月初版，台北。
〔註58〕《楚辭‧謬諫》：「拔搴玄芝兮。」洪興祖補注曰：「元芝，神草也。」見《楚辭注八種》，楊家駱主編，世界書局，民國78年5版。

滿，並作歌諷刺；一爲純寫感受，藉以抒情。

　　本節討論屬於帶有不滿，而作歌諷刺的民間諷謠歌曲，計有〈思悲翁〉、〈艾如張〉、〈戰城南〉、〈君馬黃〉、〈雉子班〉，共五曲。

一、〈思悲翁〉

　　《宋書‧樂志》所錄的原文爲：

　　　思悲翁唐思奪我美人侵以遇悲翁也但我思蓬首一作叢狗逐狡兔食交君梟子五梟母六拉沓高飛莫安宿

本曲可能多虛字、脫字，故爲漢〈鼓吹鐃歌〉十八曲中較難解者之一，各家說法分歧，多爲臆測、附和之說。如莊述祖認爲本篇的主旨爲「傷功臣也」，背景爲「漢誅滅功臣，呂后族淮陰信，醢梁王越，民尤冤之，故作是詩」；譚儀認爲：「哀征役也。楚漢之際，伏屍流血，天下騷然，少壯入伍，垂老不反。」〔註59〕王先謙曰：「《漢書‧高帝紀》：元年，漢王迎太公、呂后於沛，爲項羽所距，不得前。二年，與羽戰於彭城，大敗，漢王與數十騎遁去。過沛，求室家，室家亦已亡，不相得。太公、呂后間行，反遇楚軍，羽長置軍中爲質，此曲殆其時作。」陸侃如認爲：「此篇蓋敘田獵之詩。」〔註60〕

　　這些看法中，有一個共通點：大致皆與爭戰有關，並有埋怨之意。筆者認爲本詩藉著「悲翁」的「思」，對戰爭的勞苦與不合理加以批判，是爲一首反戰諷刺詩。

　　辭中有泛聲僅「也」一字，譚儀曰：「也，亦聲。」句解如下：

　　　思悲翁，唐思：奪我美人，侵以遇悲翁。（也）但我思：蓬首一作叢狗，逐狡兔，食交君。梟子五，梟母六。拉沓高飛莫安宿。

筆者以爲此詩藉一悲翁的遭遇，諷刺當時長年征役，且兵役制度又不合理。

─────────────

〔註59〕見譚儀《漢鼓吹鐃歌十八曲集解》。

〔註60〕見陸侃如《樂府古辭考》，台灣商務印書館，民國五十九年出版，頁60。

本詩悲翁之思分成兩階段：第一階段為悲翁思及年華老去之速，然歲月一去不回，思之又有何益，故云「唐思」。「唐」，蕩也，〔註61〕無所據也。言雖思而無所據也。陳沆曰：「美人，喻盛年也。」「侵」，戰也、伐也。〔註62〕故「侵以遇悲翁」，指戰伐至衰老。

第二段為悲翁又因為「奪我美人」的聯想，並進一步回想這一段歲月是如何在戰場上流逝，以及如何在被剝削下度過。「但我思」，即悲翁又回憶：整個過程有如「蓬首狗，逐狡兔，食交君」。陳沆曰：「言將士苦戰，首如飛蓬，以除群雄。」悲翁自比「蓬首狗」；「群雄」，筆者以為用「敵軍」更佳，因為長年征戰，未必是指國內群雄逐鹿中原。以「狡兔」喻敵人。然而，蓬首狗，逐狡兔的結果是「食交君」。亦即辛苦的戰功全為「君」所得。「君」，應指「梟子五，梟母六」，泛指群梟。漢人以梟比喻惡鳥，〔註63〕本詩以之比為悲翁之長官。當梟食足後，就「拉沓高飛莫安宿」。「莫」當為「暮」，即高飛安宿以過夜。

本詩對比性相當突出，先由悲翁二重回憶，感悲時光之逝以及過去的征戰事蹟。再以蓬首狗與梟相對比：狗逐兔，交梟食；狗蓬首，梟安宿。對於整個兵役制度的不合理，暴露無疑。比之〈十五從軍征〉〔註64〕更為強烈、悲涼，諷刺性也更強。

〔註61〕 枚乘〈七發〉：「浩唐之心。」李善注曰：「唐，蕩也。」參見《昭明文選》，蕭統編，漢京文化事業有限公司，民國72年9月初版，台北。

〔註62〕 《詩·采薇》鄭玄箋曰：「謂侵也、伐也、戰也。」疏曰：「侵，伐戰用師之大名。」《十三經注疏本》，東昇出版事業公司。

〔註63〕 《漢書·郊祀志》注，如淳曰：「漢使東郡送梟。五月五日作梟羹以賜百官，以其惡鳥。故食之。」

〔註64〕 本詩錄於《樂府詩集·梁鼓角橫吹曲·紫騮馬》：「野火燒野田，野鴨飛上天。童男娶寡婦，壯女笑殺人。高高山頭樹，風吹葉落去。一去數千里，何當還故處。(《古今樂錄》曰：「十五從軍征」以下是古詩。) 十五從軍征，八十始得歸。道逢鄉里人，家中有阿誰？遙看是君家，松柏冢纍纍。兔從狗竇入，雉從樑上飛。中庭生旅穀，井上生旅葵。舂穀持做飯，採葵持作羹。羹飯一時熟，不知飴阿誰？

二、〈艾如張〉

《宋書・樂志》所錄的原文爲：

> 艾而張羅夷於何行成之四時和山出黃雀亦有羅雀以高飛奈
> 雀何爲此挌欲誰肯磧室

莊述祖認爲本曲主旨爲「戒好田獵也」，因爲「田獵以時，愛及微物，則四時和，王道成矣」；王先謙曰：「此刺武帝之縱獵也」；夏敬觀本詩單純以網獵比喻中國以仁德施恩方式對待外邦。〔註65〕

因此，本詩的內容與田獵有關則是無疑，其前後文意有落差，有先頌美後貶諷的對比關係。所以筆者以爲本詩應是以田獵爲諷。陳本禮《漢詩統箋》引董若雨曰：「『夷於何』，篇中三轉聲之準也。」即「夷於何」三字應爲泛聲，並句解如下：

> 艾而張羅。（夷）（於）（何）行成之，四時和。山出黃雀亦
> 有羅，雀以高飛奈雀何？爲此挌欲，誰肯磧室。

本詩藉田獵之事以古諷今，前三句寫先王田獵事，後四句寫今王田獵事。「艾」，讀如刈，〔註66〕莊述祖曰：「艾而張羅，言芟艸爲防，而後設網羅，天子諸侯蒐綏之禮也。既有防限，必有驅逆之，車不逐奔走，亦天子不合圍，諸侯不掩群之義。」《周禮・夏官・司馬》：「春蒐、夏苗、秋獮、冬狩之制。」一重民事，爲其害稼；一備講武，舉于四隙。故曰：「成之，四時和」。〔註67〕此言古之帝王狩獵有時。因狩獵有道，所以萬物得以繁衍；因狩獵有時，所以農稼不廢。故以此道而行，成之，則四時和。此爲言古帝王之事。此爲讚頌古之帝王狩獵有道。

今則不然，雀以微物，又藏身於深山之中，仍有網羅欲擒之。雀不得已，只得高飛遠逸，此大違雀之生活性習。何以如此？因雀亦愛

> 出門東向看，淚落沾我衣。
> 〔註65〕夏敬觀曰：「仁者之師，網開三面，不傷天和。「黃雀」以比小國，言以德化，則行成而四時和，小國聽其歸德，不施以兵也。」
> 〔註66〕《荀子・王制篇》：「使民有所紆艾。」楊倞注曰：「艾讀爲刈。」
> 〔註67〕朱嘉徵《樂府廣序》亦持此論。

其生，怎可坐而受死？莊述祖對本段之句解甚佳：

> 郭璞云：「詉，疲極也。」司馬彪云：「徼詉，遮其倦者。」
> 掎詉，猶徼詉也。「石」，……以石著，誰繫也。「山出黃雀」，
> 山，險野也。「雀」，微物也。籠山圍澤，與古異矣。雀以
> 高飛，猶恨失之，必徼禽獸之倦極者盡取焉。物亦自愛其
> 身，誰甘心弋獲。而必以盡物爲樂乎？「掎詉」舊作「倚
> 欲」；「蒙石」舊作「礫」，衍「室」字。

本詩以今昔之對照，諷刺今之帝王田獵無度、狩獵無時。以黃雀高飛
顯示其問題之嚴重，因爲連此一小禽猶不放過，則萬物只得遠避，田
獵擾民甚深，民不堪命之餘，是否也如黃雀一般心存遠遁。

三、〈戰城南〉

《宋書・樂志》所錄的原文爲：

> 戰城南死郭北野死不葬烏可食爲我謂烏且爲客豪野死諒不
> 葬腐肉安能去子逃水深激激蒲葦冥冥梟騎戰鬥死駑馬裴回
> 鳴梁築室何以南梁何北禾黍而穫君何食願爲忠臣安可得思
> 子良臣良臣誠可思朝行出攻莫不夜歸

莊述祖認爲本篇的主旨爲「思良將帥也」，針對的時事爲「武帝窮武
擴土，征伐不休，海內虛耗，士卒死傷相繼」；陳沆認爲這是塞上屯
卒，且耕且戰，痛苦不堪之下，藉著存者代戰亡者之言而唱的詩歌；
〔註68〕王先謙認爲是漢軍追述敗於彭城之慘狀，〔註69〕並歌當時饑迫
之窘境，傳之後世以示開國之艱。另一方面，歌詠戰死之士兵，以慰
其毅魄。所以在王先謙的解釋系統下，這一首貌似反戰之詩，呈現了
更多忠勇愛國、效忠君王的「勸士諷敵」鐃歌精神；夏敬觀亦主張歌
詠戰士征戰之勇，〔註70〕惟其征伐的對象爲匈奴。

〔註68〕《詩比興箋》曰：「『客』者，代死者自謂也。『子』謂烏也。」

〔註69〕此事志於《漢書・高帝紀》：「……（羽）令其將擊齊，而自以精兵
三萬人從魯出胡陵，至蕭，晨擊漢軍，大戰彭城靈壁東睢水上，大
破漢軍，多殺士卒，睢水爲之不流。」

〔註70〕夏敬觀曰：「首述戰死之勇，繼之以梟騎雖死，駑馬猶徘徊思鬥而鳴，

　　本詩以文意而言，顯然是諷刺征伐的反戰詩，文句大致不難理解。但因被沈約列為〈鐃歌〉，使得學者句解、闡釋本詩時，有了前題的設限。以為〈鐃歌〉本屬軍樂，怎能容下此類反戰作品，所以處心積慮尋求「言外之意」，造成過多的詮釋。筆者以為本曲是優秀的反戰樂章，以血淚控訴戰爭的殘忍，諷刺當局的好戰。

　　本曲無泛聲，句解如下：

> 戰城南，死郭北，野死不葬烏可食。為我謂烏：「且為客豪，野死諒不葬，腐肉安能去子逃？」水深激激，蒲葦冥冥。梟騎戰鬥死，駑馬裴回鳴。梁築室，何以南？梁何北？禾黍而穫君何食？願為忠臣安可得？思子良臣，良臣誠可思，朝行出攻，莫不夜歸。

本詩為代死者的角度立言，共分兩段呈現：第一段敘述戰場的慘狀；第二段評論征戰的價值。

　　第一段由始句至「駑馬裴回鳴」。「戰城南，死郭北」，是指戰場廣大，死傷慘重。南、北是泛指戰場的空間，互文見義。戰場之中，傷亡數多，無力埋葬死亡將士，更遑論舉行喪禮。屍橫遍野，留待烏鴉食之。死者只得央求烏鴉：「且為客豪」，因為「野死諒不葬，腐肉安能去子逃？」「客」，客死異鄉者，乃死者自稱，野死無人為其招魂，故只得求於欲食其肉的烏鴉，怎不令人悲憫。「豪」，為「嚎」的借字，今通作「號」，號哭之意。古人對新死者須行招魂之禮，招魂時，且哭且說。〔註71〕

　　「水深激激，蒲葦冥冥」呈現此時的戰場冷清，加深淒涼之情。「梟騎」表驍勇的戰士；「駑馬」指老弱殘兵。在這荒涼的戰場中，驍勇的戰士已經戰死，留下一些老弱殘兵，令人對此一處境更加不安，殘兵也更無助，不知何從。此為整個戰場的慘狀描寫。

　　自「梁築室」以下為第二段，主要是針對個人價值的評論：〔註72〕

　　　激之也。」
〔註71〕「豪」字之解，詳參王蘭英《樂府民歌賞析》，大陸，內蒙古人民出版社，1988 年八月第一次印刷。第一頁。
〔註72〕漢代是個人價值開始突顯與自覺的時代。趙敏俐稱之為「前期個

這一戰的意義是個人主體的死亡，也是個人一切希求的失去。首先以築室於梁比喻無以成立之意：《華陽國志·巴志》記東漢時：「西虜獻眩，王庭試之，分公卿以爲戲。陳紀山獨不視，京師稱之。巴人歌曰：『築室載直梁，國人以貞眞。』」徐人甫曰：「築事載直梁，豈非梁築室乎？則『梁』非表聲之字，可斷言矣。惟眩（今謂幻術）築室於梁，明非眞實，可知此詩乃假設之詞。梁爲橋樑，所以通南北者，若梁上築室，何以通南，何以通北乎？〔註73〕」〔註74〕

此以梁上築室之喻，引出下文皆爲不可能之事。因爲戰士出征，目的是爲了保衛國土，使禾黍可獲而食之。今戰士已死，禾黍縱能有所收穫，又何以食之？軍士出征，也是爲了立功封爵，成爲君王倚重、欲得的忠臣，而今已死，如何能成爲忠臣呢？帝王欲得這些良臣，卻又不愛惜他們，因爲一但派遣他們前往出戰，最後都未能回來。這一段論述，對「良臣誠可思」是一大諷刺。

本段論述，是以個體自覺的角度，反省戰爭對個人生命的威脅，以及投入戰場後，對個人價值追求的矛盾。

四、〈君馬黃〉

《宋書·樂志》所錄的原文爲：

君馬黃臣馬蒼二馬同逐臣馬良易之有赭蔡有赭美人歸以南
駕車馳馬美人傷我心佳人歸以北駕車馳馬佳人安終極

莊述祖認爲本曲的主旨爲「諫亂也」，所述之事爲「君臣各從其欲，車馬曾不得休息焉。」陳沆曰：「君馬黃，臣馬蒼」，雖上下名分之別如此，至於出謀發慮，則君或當舍己而從臣，猶馬之蒼而驅逐或良也，

人主義思想傾向」，主要是因爲先秦繫乎血緣的宗法制度所強調的爲「公義」而戰之思想瓦解，取而代之的是封建地主制度社會下，突出了戰爭中的個人利益。詳見趙著《兩漢詩歌研究》，第二章〈兩漢詩歌創作中新的思想傾向〉，文津出版社，民國八十二年五月初版。

〔註73〕「梁築室，何以南？梁何北？」譚儀曰：「『梁何北』，一作『何以北』。」
〔註74〕徐仁甫《古詩明解》。

豈特蒼黃無定。」王先謙認爲此詩枚乘「此因君不納諫，去國傷懷而作。」譚儀曰：「〈君馬黃〉，刺友也。古君臣之稱，不專辨上下。」。夏靜觀則認爲是武帝欲伐大宛而作。

由「君」、「臣」、「美人」、「佳人」之稱，可見本詩是作於歌朝廷之事。由辭中忽南忽北，令人傷心、無奈之語句，筆者以爲應爲諷刺帝王征伐之繁。本詩未見有學者提出泛聲字，故直接句解如下：

> 君馬黃，臣馬蒼。二馬同逐，臣馬良。易之有驍蔡有赭。
> 美人歸以南，駕車馳馬，美人傷我心；佳人歸以北，駕車
> 馳馬，佳人安終極？

本詩應該是描寫武帝伐大宛之事，[註75] 可能是軍中士兵不堪長年征戰之苦，藉此一事件以諷刺武帝之好戰，而不恤軍士之勞苦。

「君馬黃，臣馬蒼，二馬同逐臣馬良」，指武帝以金馬、千金欲與大宛索汗血馬不得之事。[註76]「君馬黃」，指漢使所持之金馬；「臣馬蒼」，指大宛汗血馬。二馬相較，以汗血馬爲佳。「易之有驍蔡有赭」，「易」，指平地。[註77]「驍」，馬淺黑色。[註78]「蔡」，草莽也。[註79]《廣雅‧釋器》：「赭，赤也。」藉天下各地各色之馬，以喻天下良馬甚多，君王實無須爲大宛良馬而大肆征伐。以下寫軍士對長年南征北伐的痛苦與無奈，以呼應上句。「美人」、「佳人」均謂君，二句「駕車馳馬」爲歌詞重出合樂。意謂君王南北征戰不息，實傷我心，且如此輕動干戈，勞師動重的情形，帝王何時才會終止？

本詩以武帝爲個人私慾而勞師動眾，遠征大宛之事爲例，藉以諷

〔註75〕武帝伐大宛之事，詳見《史記‧大宛列傳》。
〔註76〕《史記‧大宛列傳》：「天子既好宛馬，聞之甘心。使壯士車令等持千金及金馬，以請宛王貳師城善馬，宛王不肯與漢使。漢使怒，妄言錐金馬而去。……攻殺漢使，耶其財物。」
〔註77〕《淮南子‧兵略訓》：「易則用車。」高誘注曰：「蔡，平地也。」
〔註78〕《晉書》何超音義：「驍，馬淺黑色。」
〔註79〕左思〈魏都賦〉李善注引《楚辭》王逸注曰：「易，草莽也。」參見《昭明文選》，蕭統編，漢京文化事業有限公司，民國72年9月初版，台北。

刺武帝不恤士兵，南北征戰不息。

五、〈雉子班〉

《宋書‧樂志》所錄的原文爲：

> 雉子班如此之于雉梁無以吾翁孺雉子知得雉子高飛止黃鵠
> 之蜚以千里王可思雄來蜚從雌視子趨一雉雉子車大駕馬縢
> 被王送行所中堯羊蜚從王孫行

莊述祖認爲本篇的主旨爲「戒貪祿也」，創作背景爲「秦尙權力，君臣之禮廢，漢承秦制而不能改。仕者以爵祿相誘致，已而相謀，多罹法網。賢者皆思遯世焉。」王先謙曰「作歌者託於雉咎其子而乞恩於王，以諷其上也。」夏敬觀認爲這是一曲將時事（公孫卿夜見仙人，緱氏城上有物如雉）引入〈鐃歌〉，用以歌頌漢武帝之德，足以破不仁之邦，〔註80〕並喻四夷終將來服於我大漢威德之下。

　　本曲難解，如陳祚明曰：「都不可解，然不敢削，使後人有考焉。」〔註81〕竊以爲用以諷刺士人爲利祿所誘，紛紛入朝。然所爲利誘者，多爲如雉之不求高飛者，眞正賢者皆如黃鵠般千里遠遁。句解如下：

> 雉子，班如此。之于雉梁，無以吾翁孺，雉子！知得雉子
> 高飛止，黃鵠之蜚以千里，王可思。雄來蜚從雌，視子趨
> 一雉，雉子車大駕馬縢，被王送行所中，堯羊蜚從王孫行。

《後漢書‧禮儀志》云：

> 每歲首，爲大朝受賀。其儀：夜漏未盡七刻，鐘鳴，受賀。
> 及贄，公、侯璧，中二千石、二千石羔，千石、六百石鴈，
> 四百石以下雉。

劉昭注補引《決疑要注》曰：

> 古者朝會皆執贄，侯、伯執圭，子、男執璧，孤執皮帛，
> 卿執羔，大夫執鴈，士執雉。

〔註80〕《史記‧南越尉佗列傳》載：「呂嘉攻殺王、太后，殺盡漢使者，立建德爲王」。故云不仁之邦。

〔註81〕見陳祚明《采菽堂古詩選》。

因此筆者認爲由古時「士執雉」之禮，聯想雉爲人所獲乃因其受食誘，且無以高飛之技，似有暗諷當時爲帝王所利誘者，是爲好利祿、無高遠之志者。因此辭中以「黃鵠之蜚以千里」與雉子相對。本曲因字句難解，試將大意說明如下：

「雉子，班如此」，「班」同「斑」，首言雉子之父母讚美其斑紋美麗，寓士有美才之意。「之于雉梁，無以吾翁孺」，「吾」，應作「俉」，迎也。〔註 82〕「翁孺」，老人與小孩，泛指人。乃叮嚀雉子覓食須當心，避免與人相遇。「知得雉子高飛止，黃鵠之蜚以千里，王可思」，「知」，智也。「蜚」與飛同。意謂雉子終被智誘而得，因其不能如黃鵠高飛千里。此處以雉子的「高飛止」與黃鵠的「蜚以千里」相對，突顯二者之志向大異也，因此黃鵠衹能令帝王可思而不可得，故云「王可思」。「雄來蜚從雌」，雌雄並飛。謂雉子的父母前往尋找時，已見有人驅趕雉子。「膝」，騰也，表快速之意。指雉子被車馬快速載行。「王」，《漢書·刑法志》曰：「歸而往之謂之王矣。」「行所」，天子所在之處。〔註 83〕謂雉子被送往朝中，爲士子求利祿而入朝。「堯羊蜚從王孫行」，「堯羊」，倘佯也。〔註 84〕謂雉子飛從於王孫之中，亦即士人終身倘佯於宦海之中。

第五節　民間歌謠之二：抒情歌曲

漢〈鼓吹鐃歌〉十八曲中，屬於民間歌曲者，除了具有諷刺意味的歌謠之外，另有一類屬於抒發情感的歌曲，內容包含愛情歌曲與個人感發之作。這些歌曲原本也是屬於民間的相和歌，後被採入樂府，伴以鼓吹。計有〈巫山高〉一曲個人感懷歌辭，〈芳樹〉、〈有所思〉、〈上邪〉三首愛情歌曲。另外，〈石留〉一曲不明其意，附列學者的討論於後，並略抒看法。

〔註82〕見余貫榮（余冠英）《樂府詩選》，第七頁。
〔註83〕見本章第二節註五。
〔註84〕見陳本禮《漢詩統箋》。

一、〈巫山高〉

《宋書·樂志》所錄的原文爲：

巫山高高以大淮水深難以逝我欲東歸害梁不爲我集無高曳
水何梁湯湯回回臨水遠望泣下霑衣遠道之人心思歸謂之何

莊述祖認爲本篇的主旨爲「閔周也」，敘述的背景爲「楚頃襄王約齊、韓伐秦，而欲圖周。國人疾其不能自強，而棄其主，且閔周之將亡，故作是詩。」陳沆以爲「似憂吳、楚七國之事」。〔註85〕王先謙認爲是「賓民從高帝之定秦，不願出關，因思歸而作歌。」〔註86〕夏敬觀則認爲「漢武帝時，淮南衡山謀反，事與景帝時吳楚七國事相類，未嘗用兵，事泄而安賜皆自殺。」〔註87〕

以上諸家的看法，都對本詩賦予相當嚴肅的意涵，但因字句之中無確切的人物、時間、以及事件，所以各家的意見相當分歧。其實，如果抛開這些「本事」的包袱，歌辭的意義相當顯明，就如吳兢所云：「其辭大略言江淮水深，無梁可度，臨水遠望，思歸而已。」〔註88〕筆者亦以爲此詩本採自民間，爲一首遊子思鄉不得歸的抒情之作。本詩中的泛聲字爲二「梁」字，〔註89〕句解如下：

巫山高，高以大。淮水深，難以逝。我欲東歸，害（梁）
不爲？我集無高曳，水何（梁）湯湯回回。臨水遠望，泣
下霑衣。遠道之人心思歸，謂之何！

〔註85〕語見《詩比興箋》中〈巫山高〉前之提要。

〔註86〕王先謙《漢鐃歌釋文箋正》曰：「先謙考《華陽國志》：漢高帝滅秦，爲漢王。王巴蜀，閬中人范目，有恩信方略，知帝必定天下，說帝爲募發賓民，要與共定秦。秦地既定，封目爲長安建章鄉侯。帝將討關東，賓民皆思歸，帝嘉其功，而難傷其意，遂聽還巴。此曲蓋賓民思歸作也。」

〔註87〕《漢書·武帝志》：「（元狩元年）十一月，淮南王安、衡山王賜謀反，誅。黨與死者數萬人。」

〔註88〕語見唐吳兢《樂府古提要解》。

〔註89〕朱學瓊與王蘭英均認爲本曲中兩個「梁」字皆爲泛聲。見朱學瓊〈漢鼓吹鐃歌的聲辭分析及解說〉，中華文化復興月刊，第七卷，第四期。王蘭英《漢樂府民歌賞析》，大陸內蒙古人民出版社發行，1988年8月第一次印刷。第五頁。

本詩先以巫山之高、淮水之深起興。山高水深，猶如歸途難行，帶起本詩的主旨。思鄉之遊子以重重的障礙比喻歸鄉之途，再以一無所有的「遠道之人」加強、襯托欲歸不得的窘境，只得臨水遠望，泣下霑衣，發出無奈的喟嘆！

　　「巫山高，高以大。淮水深，難以逝。」以巫山之高，淮水之深，藉以形容障礙難行；「我欲東歸，害（梁）不爲？」譚儀曰：「害，何也。」自述欲歸，又自問何以不歸。藉此自問，以引出下列自答之辭，用以和巫山、淮水反襯。「我集無高曳，水何（梁）湯湯回回。」莊述祖曰：「『集』，讀若『就』。『就』，往也。」「高」同「橋」，《方言·卷九》：「刺船謂之橋」。「曳」，古文作「枻」，〔註90〕楫也。意爲我欲往歸，又無可渡河之工具也。「湯」，廣大貌；〔註91〕「回」，流旋也。〔註92〕藉水勢急大，加強無船可渡的遊子之無奈。最後以「臨水遠望，泣下霑衣。遠道之人心思歸，謂之何！」的悲嘆總結。

二、〈芳樹〉

　　《宋書·樂志》所錄的原文爲：

　　　芳樹日月君亂如於風芳樹不上無心溫而鵠三而爲行臨蘭池
　　　心中懷我悵心不可匡目不可顧妖人之子愁殺人君有他心樂
　　　不可禁王將何似如孫如魚乎悲矣

莊述祖認爲本曲的主旨是「諫時也」，因「衰亂之世，以妾爲妻，上無以化下，而好惡拂其性。君子疾其無心焉。」王先謙曰：「此悲廣川王之寵信妒后，悖亂失道而作歌。」夏敬觀認爲是歌諷南粵相呂嘉之作亂弑王，且殺漢使，終致敗亡。〔註93〕

〔註90〕　《儀禮·士相見禮》：「武舉前曳踵。」鄭玄注：「古文曳作枻。」《十三經注疏本》，東昇出版事業公司。
〔註91〕　《莊子·逍遙遊》：「湯之問棘也。」釋文引簡文注曰：「湯，廣大貌。」
〔註92〕　《荀子·致仕篇》：「水深則回。」楊倞注曰：「回，流旋也。」
〔註93〕　《漢書·武帝紀》云：「（元鼎五年）夏四月，南越王相呂嘉反，殺漢使者及其王、王太后。」帝遂於該年秋遣路博德、楊僕等率軍南下。於元鼎六年十月破南越。

　　筆者以爲本曲屬於愛情歌曲，以一位失戀者的角度，探第一人稱創作。陸侃如亦曰：

> 此篇與〈有所思〉同意，是一個「三角戀愛」的犧牲者的「坐妒」話，如「三而爲行」、「君有他心，樂不可禁」等句可證。莊説傅會。

本詩因其內容難曉，爲求易解，所以被學者改字、增句、置換的情形相當嚴重，但若非有確切的證據，實不應妄加增易。所以筆者仍以《宋書・樂志》所錄之辭作句解，並略釋其意：

> 芳樹：日月，君亂如於風；芳樹：不上無心。溫而鵠，三而爲行。臨蘭池，心中懷我悵。心不可匡，目不可顧。妬人之子愁殺人，君有他心，樂不可禁。王將何似？如孫如魚乎。悲矣！

本詩以芳樹起興，故二句「芳樹」皆爲呼芳樹而告之，實因無人可訴也。且「芳」有「德」之意，〔註94〕故又有以芳樹自比之意。首句告訴芳樹曰：「日月」，日居月諸之意，表示一段時間。「君亂如於風」，意爲男子行爲如風般不定。

　　接著，再呼芳樹並告之「君亂如於風」的具體現象：「不上無心」，無上無心之意，表示男子無天理無良知。至此均爲怨懟之語，以下具體說出所怨之緣由：當我溫順、和悅的企盼他時，卻得到「三而爲行」的結果。「溫」，謂顏色和悅。〔註95〕「鵠」，鵠候。引頸等候。

　　接著來到蘭池，〔註96〕心中又想起令我惆悵的事：他的心已經無法匡正，因爲它已經不肯再多看我一眼，意即已無力挽回兩者之間的情感。心中怨妒的我已經愁苦到了極點，因爲他有了貳心，卻又如此的快樂。此爲二者愁樂對照，使詩意產生嚴重落差。「王」，往也。

〔註94〕《離騷經》：「芳與澤其雜糅兮。」王逸注曰：「芳，德之貌。」
〔註95〕《詩・燕燕》：「終溫且惠。」鄭玄箋曰：「溫，謂顏色和也。」《十三經注疏本》，東昇出版事業公司。
〔註96〕蘭池，不知是否有特殊意義，或僅是代表地名，而芳樹生於蘭池附近。

〔註97〕「王將何似」，我往後將會是像甚麼？「如孫如魚」，「孫」爲荃，捕魚之具。〔註98〕如同荃中之魚，終不得優遊自得於水中，實在可悲。此應爲臨蘭池，見魚而感發。

本詩藉物起興，藉景生情，將滿懷妒意與哀愁一一道來，可謂一唱三嘆。

三、〈有所思〉

《宋書・樂志》所錄的原文爲：

有所思乃在大海南何用問遺君雙珠瑇瑁簪用玉紹繚之聞君有它心拉雜摧燒之摧燒之當風揚其灰從今以往勿復相思相思與君絕雞鳴狗吠兄嫂當知之妃呼豨秋風肅肅晨風嘶東方須臾高知之

莊述祖認爲本曲之主旨爲「諫時也」，因爲「衰亂之俗，昏媾之禮廢，夫婦之道苦。男女各以其私相約誓，而輕絕焉。」陳沆認爲是藉著藩國之臣的口吻，爲七國之亂做出了負面的評述。王先謙曰：「武帝遣兵擊南越，其城垂破，軍士將振旅凱旋，而作歌。」〔註99〕夏敬觀亦同王說。

本詩曲風樸拙而直接，今人多視爲情歌。如蕭滌非云：「此與上篇（上邪）所表現之女性，皆甚爽直激烈，所謂北方之強。口吻逼肖，情態欲生，眞神筆也。」〔註100〕亓婷婷認爲「述情變化的複雜過程，愛恨交織的心理，實在生動。」〔註101〕曲中有「妃呼豨」三個泛聲字，〔註102〕句解如下：

有所思，乃在大海南。何用問遺君？雙珠瑇瑁簪，用玉紹繚之。聞君有它心，拉雜摧燒之，摧燒之，當風揚其灰。從今

〔註97〕《詩・小雅・板》：「及爾出王。」傳曰：「王，往也。」
〔註98〕朱乾《樂府正義》：「『孫』同『蓀』，古字省。洪興祖《楚辭補註》：『「荃」與「蓀」，《莊子》云：「得魚而忘荃」』。」
〔註99〕呂嘉之事，見本節註93。
〔註100〕見蕭滌非《漢魏六朝樂府文學史》，頁57。
〔註101〕見亓婷婷《兩漢樂府研究》，頁209。
〔註102〕陳沆曰：「妃呼豨，曲聲也。」

以往，勿復相思，相思與君絕。雞鳴狗吠，兄嫂當知之。（妃）
（呼）（豨）。秋風肅肅晨風嘶，東方須臾高，知之。

本辭內容忽而婉柔，忽而憤怨，又忽而疑懼，一曲三起伏，令人讀來
情緒隨之複雜。激昂而又直接的情緒表現，實為民歌本色，所以本曲
是採自民間的愛情歌曲，殆無可疑。

全辭共可分三段，代表三種情緒起伏。

第一段由始句至「用玉紹繚之」，是為婉柔的情感表現：由所思
之人在遠方，「大海南」，指遠方。《廣雅・釋詁》：「遺，予也」，表示
欲贈「雙珠瑇瑁簪」，並且「用玉紹繚之」，顯示思濃情重。潘重規先
生曰：「贈以雙珠玳瑁簪，又以玉糾纏之，愛之至也。」〔註103〕雙珠
又有成匹之意。

第二段由「聞君有他心」至「相知與君絕」，憤怨的情緒表現：
原本的愛意，從「聞君有他心」時，完全破滅。取而代之的是將雙珠
瑇瑁簪「拉雜摧燒之」，並「當風揚其灰」。此一舉止，顯示其恨之深、
其怒之極。複誦「摧燒之」，使其恨怒更為加強。接著，誓曰：「從今
以往，勿復相思，相思與君絕。」立此語有如「拉雜摧燒之」一般的
強烈。複誦「相思」應為合樂曲之故。

第三段由「雞鳴狗吠」至末句，是為疑懼的情緒表現：之前如此
強烈的情緒表現，又有「拉雜摧燒之，當風揚其灰」的舉止，引起了
騷動。是否會驚動兄嫂，使其知道此事。「兄嫂」在先秦兩漢的詩歌
描述中，常是掌有家中之權的象徵。如《詩經・鄭風・將仲子》：「將
仲子兮，無踰我牆，無折我樹桑。豈敢愛之，畏我諸兄。仲可懷也，
諸兄之言，亦可畏也。」以及漢樂府〈孤兒行〉中凌虐孤兒的兄嫂，
〔註104〕皆可知其在當時家庭之中的地位與象徵。

此時只聽見秋風肅肅之聲，以及猛禽「晨風」的叫聲，〔註105〕

〔註103〕 潘重規《樂府詩粹箋》，學海出版社，民國七十八年十月二版，頁18。
〔註104〕 詳郭茂倩《樂府詩集・相和歌辭十三》。
〔註105〕 《詩義》疏：「晨風，一名鸇，似鷂。青黃色，燕頜鉤喙，鄉風搖

令人產生淒涼驚疑的感受。因爲太陽即將由東方高高升起，也就是天亮之後，兄嫂當會知道此事。文末「知之」應爲「兄嫂當知之」之意，免其重言，故以「知之」代替

四、〈上邪〉

《宋書‧樂志》所錄的原文爲：

> 上邪我欲與君相知長命無絕衰山無陵江水爲竭冬雷震震夏
> 雨雪天地合乃敢與君絕

莊述祖認爲本曲之主旨爲「諫不信也」，因爲「禮樂陵遲，以誓爲信，斯不信矣」，且「〈上邪〉與〈有所思〉當爲一篇。自「何用謂遺君」以下，皆敘男女相贈之言以諫俗，采詩分爲二篇，今仍其舊。」陳沆曰：「此忠臣被讒自誓之詞歟。抑烈士久要之信歟，凜凜然，烈烈然。」陳祚明亦主此說。〔註106〕夏敬觀以爲「此辭命意，當是託爲臣服國誓言，以紀征伐之力。」

本詩與〈有所思〉相似，皆爲情感激烈而直接的愛情歌曲，字句顯明，不見雕琢，應屬民間情歌，實無須多加過度附會。莊述祖認爲本與〈有所思〉爲一曲，采詩之後被分而二，因爲缺乏證據，故存備一說。本曲無泛聲，一氣呵成，句解如下：

> 上邪！我欲與君相知，長命無絕衰。山無陵，江水爲竭，
> 冬雷震震，夏雨雪，天地合，乃敢與君絕。

本辭淺近，無須逐字釋譯，擇其要者論之。「長命」，猶言終身，意爲相知之誓終身不渝。爲了表示無絕衰的決心，列舉天地間所有不可能發生的現象，將五個自然變異的現象，一舉托出，堅決而熱烈。無怪乎顧茂倫稱之「奇情奇筆」，〔註107〕沈德潛稱之「重疊言之而不見其排，何筆力之橫也」，〔註108〕陳祚明讚曰：「『山無陵』數句，凡五事

翅。乃因風飛急疾，擊鳩、鴿、燕、雀食之。」
〔註106〕陳祚明《采菽堂古詩選‧卷一》曰：「人臣至死不變之心，何凜凜也。」
〔註107〕見顧茂倫《樂府英華‧卷三》。
〔註108〕見沈德潛《古詩源‧卷三》。

疊語，參錯離奇，初不排。『天地合』三字，尤奇。」〔註109〕

五、〈石留〉

《宋書‧樂志》所錄的原文爲：

> 石留涼陽涼石水流爲沙錫以微河爲香向始蘇冷將風陽北逝
> 肯無敢與于楊心邪懷蘭志金安薄北方開留離蘭

陳祚明曰：「都不可解。」〔註110〕莊述祖曰「有其聲而辭失傳，詁不可解。」更認爲本篇爲「聲」而非「辭」。

王先謙曰：

> 此蘇武傷李陵而作也。……陵之事主也，其心如石。今則
> 身爲降虜，北逝而留於涼州之陽，一朝失足，非議橫生。

王氏認爲本詩是蘇武對李陵處境轉變所發的感嘆，但因辭意難明，又牽附過甚，難以令人信服。〔註111〕

夏敬觀先生以宣帝時呼韓邪單于朝天子於甘泉宮，後又自願留守光祿塞，至元帝時，呼韓邪單于請求北歸之事爲本曲之前題。〔註112〕然而夏氏多改字句解，以合文意，但又缺乏改易的證據，故其釋譯的結果亦令人存疑。〔註113〕

朱學瓊大概理出「石」、「水」、「蘭」、「金」爲全詩的主眼，並說明〈石留〉的可能意義：

> 石以喻堅，水以喻澤，蘭以喻香，金以喻恆：蓋比君子之
> 德與？抑志士忠臣之自明與？〔註114〕

筆者以爲朱學瓊雖未能說明、句解〈石留〉的文意，卻提供了一個中

〔註109〕 同註14。
〔註110〕 同註14。
〔註111〕 如：「自君子之曰『錫』。『微河』，猶言細流，一勺水也，喻兵之少。禮水泉必香，『香』，喻名知遠聞，即流芳意。」不知其立論何據，實難令人信服。
〔註112〕 詳見《漢書‧匈奴傳》。
〔註113〕 如夏敬觀曰：『「于楊」，當是『干揚』形訛，……『金』，當爲『今』。」如此改易，卻未說明依據。
〔註114〕 同本節註5。

肯的線索。自是較無據而旁附臆測、妄加改易以強求文意者更為嚴
謹。故列之以供學者參照。

第五章　曹魏至中唐的〈鼓吹鐃歌〉仿作現象

　　漢代的鐃歌，今僅存十八曲，在第三章已經論證其形成。本章將討論曹魏至唐代的〈鐃歌〉仿作現象。為了研究脈絡能有所承續並方便於比較，本章僅討論本時期對漢〈鐃歌〉十八曲仿題擬作者。藉著這種時間和題材的延伸過過程，以掌握後人對漢〈鐃歌〉十八曲的運用角度以及仿作情況。

　　依據《晉書》、《宋書》、《隋書》，以及《樂府詩集》所錄，由漢至唐之〈鐃歌〉，無論在數量上或內容風格方面，均甚為龐大多樣。仿作的對象雖然只有二十二曲，〔註1〕但有的改其題名而作，有的望其題名而生義，有的不管題名本為何，全以一己之意而抒之，故而內容龐雜。

　　曹魏將漢〈鼓吹鐃歌〉十八曲的地位雅化，所以魏晉六朝往往仿其音律，自作整組〈鼓吹曲〉以為歌頌開國氣象的朝廷音樂；又因漢曲主要採自民間，形式自由，內容又多抒懷諷諭之作，故深得文人喜愛，並多加仿作，其創作多為擇曲零散仿製。然而，文人化之後，詞

〔註1〕在當時的仿作〈鐃歌〉中，有很多將傳說中漢〈短簫鐃歌〉無辭的四曲〈務成〉、〈玄雲〉、〈黃爵〉、〈釣竿〉一並仿其題名而作，故稱為「二十二曲」。

風漸雅、句式漸工，逐漸走入五言詩的形式。唐代雖又出現較多的雜言形式，但音律以與漢時大異，終於走向「沒落之路」。〔註2〕因此，本章討論的重點集中於整組仿作與文人私家零散仿作兩類。

第一節　仿〈鐃歌〉二十二曲的整組創作

曹魏以後，開始整組系統性改作漢〈鐃歌〉，改作的範圍是以漢〈鼓吹鐃歌〉二十二曲為限，保留漢代古鐃歌的曲名或仍記其所襲之題。本類今可得者有以下數組：

一、魏〈鼓吹曲〉二十二曲

曹魏時，繆襲所改。《晉書・樂志》曰：

> 魏武帝使繆襲造鼓吹十二曲以代漢曲：一曰〈初之平〉，二曰〈戰滎陽〉，三曰〈獲呂布〉，四曰〈克官渡〉，五曰〈舊邦〉，六曰〈定武功〉，七曰〈屠柳城〉，八曰〈平荊南〉，九曰〈平關中〉，十曰〈應帝期〉，十一曰〈邕熙〉，十二曰〈太和〉。

《樂府詩集》又補充曰：

> 而〈君馬黃〉、〈雉子班〉、〈聖人出〉、〈臨高臺〉、〈遠如期〉、〈石留〉、〈務成〉、〈玄雲〉、〈黃爵〉、〈釣竿〉十曲，並仍舊名。

曹魏時，將漢〈鐃歌〉二十二曲改其十二，而存其十。但不論原本的舊名是否保存，內容已經完全更易。不過，繆襲所改的二十二曲，目前僅餘改曲名的十二曲。而現存依舊名而作的魏代仿鐃歌有魏文帝的〈臨高臺〉與〈釣竿〉各一曲，是獨立於繆襲所改之外的零散作品，將列於下一節討論。

〔註2〕　蔣祖怡《詩歌文學纂要》第三章〈樂府系統〉云：「可惜（中唐）以後樂府不曾合樂，所以一直到清朝雖然還有仿作的人，但其作品與古詩只有題目上的差異，而內容沒有什麼分別了。所以樂府詩的命運，唐代以後，也就此沒落。」正中書局，民國四十二年三月，臺一版，頁70。

　　今從《晉書・樂志》所載的十二首之型態、內容可知這十二首所襲從的漢〈鐃歌〉為何，以及所載之事為何，至於題名，則採《詩經》與漢〈鐃歌〉的方式，以摘辭句命題。以下取《樂府詩集》所載〈初之平〉為例：

> 《晉書・樂志》曰：「改漢〈朱鷺〉為〈楚之平〉，言魏也。」《古今樂錄》作〈初之平〉。
>
> 楚之平，義兵征。神武奮，金古鳴。邁武德，楊洪名。漢室微，社稷傾。皇道失，桓與靈。閹官熾，群雄爭。邊韓起，亂金城。中國擾，無紀經。赫武皇，起旗旌。麾天下，天下平。濟九州，九州寧。創武功，武功成。越五帝，逾三王。興禮樂，定紀綱。普日月，齊輝光。

首先，在收錄的每一首詩之前，《晉書・樂志》都會說明改自漢〈鐃歌〉的哪一首，如本詩〈初之平〉是改自漢〈朱鷺〉；接著會說明本詩的主旨，如本詩的主旨是「言魏也」，就是讚頌曹魏之歌。依此類推，接下來的十一首均按此一模式作說明。

　　至於這十二首魏鼓吹曲的內容，在順序上是依曹魏的國勢、武功發展的順序，擇其要事而作歌頌之。記頌內容不離漢〈鐃歌〉的頌揚與記錄戰功之旨。

　　然而，第十曲〈應帝期〉的內容主旨，據《晉書・樂志》所言，乃「文帝以聖德受命，應運期也」，所述為文之事。又第十二曲〈太和〉乃「言明帝繼體承統，太和改元，德澤流布也」，所述為明帝之事。可見這十二曲「魏鼓吹曲」當完成於曹魏明帝即位以後。然而上文的引言證實《晉書・樂志》載有「魏武帝使繆襲造鼓吹十二曲以代漢曲」之言，顯示應該在魏武帝（曹操）之世就令繆襲改為此十二曲，怎麼可能有記載武帝身後十二年以後之事？〔註3〕這是一個矛盾現象，而既然由內容已知道這當中有兩首必定是在文帝、明帝之世所作，所以可能是《晉書・樂志》誤記。

〔註3〕曹操卒於二十五年，西元220年，而魏明帝太和元年為西元232年。

二、吳〈鼓吹曲〉二十二曲

　　韋昭所改。《晉書・樂志》曰：

　　　　吳使韋昭製鼓吹十二曲：一曰〈炎精缺〉、二曰〈漢之季〉，
　　　　三曰〈攄武師〉，四曰〈伐烏林〉，五曰〈秋風〉，六曰〈克
　　　　皖城〉，七曰〈關背德〉，八曰〈通荊門〉，九曰〈章洪德〉，
　　　　十曰〈從曆數〉，十一曰〈承天命〉，十二曰〈玄化〉。

《樂府詩集》又補充曰：

　　　　韋昭改製十二曲，其十曲亦因之。而魏、吳歌辭，存者唯
　　　　十二曲，餘皆不傳。

同於繆襲的改作方式，韋昭也是只改了漢〈鐃歌〉二十二曲中的十二
曲之題名。《樂府詩集》所云未改的十曲也已經亡佚。在《古今樂錄》
所收錄的吳鼓吹十二曲之前，均有各曲的提要說明其內容及所襲從的
漢〈鐃歌〉為何，以及所載之事為何。至於題名，則依然採《詩經》
與漢〈鐃歌〉的方式，以摘辭句命題的方式。以下取〈漢之季〉為例：

　　　　《古今樂錄》曰：「〈漢之季〉者，言孫堅悼漢之微，痛董
　　　　卓之亂，興兵奮擊，功蓋海內也。當漢〈思悲翁〉。」

　　　　漢之季，董卓亂。桓桓武烈，應時運。義兵興，雲旗建。
　　　　屬六師，羅八陣。飛鳴鏑，接白刃。輕騎發，介士奮。醜
　　　　擄震，使眾散。劫漢主，遷西館。雄豪怒，元惡憤。赫赫
　　　　皇祖，功名聞。

可見在形式上，與魏鼓吹曲並無大異。而十二曲所記，亦為歌頌功德，
宣揚戰績之用。在十二首的論述順序上，也有大致依歷史的的順序創
作羅列，以孫堅立志匡救漢室為始，用宣揚歌頌孫權即帝位，「仁德
流洽，天下喜樂」〔註4〕為終，內容亦不離漢〈鐃歌〉之旨。

三、晉〈鼓吹曲〉二十二曲

　　傅玄所改作以代魏曲。《晉書・樂志》曰：

〔註4〕　《古今樂錄》曰：「〈玄化〉者，言上修文訓武，則天而行，仁德流
　　　　洽，天下喜樂也。」

　　　　武皇命傅玄製鼓吹曲二十二篇以代魏曲：一曰〈靈之祥〉，
　　　二曰〈宣受命〉，三曰〈征遼東〉，四曰〈宣輔政〉，五曰
　　　〈時運多難〉，六曰〈景龍飛〉，七曰〈平玉衡〉，八曰〈文
　　　皇統百揆〉，九曰〈因時運〉，十曰〈惟庸蜀〉，十一曰〈天
　　　序〉，十二曰〈大晉承運期〉，十三曰〈金靈運〉，十四曰
　　　〈於穆我皇〉，十五曰〈仲春振旅〉，十六曰〈夏苗田〉，
　　　十七曰〈仲秋獮田〉，十八曰〈順天道〉，十九曰〈唐堯〉，
　　　二十曰〈玄雲〉，二十一曰〈伯益〉，二十二曰〈釣竿〉。

雖云晉鼓吹曲二十二篇是用以代魏之舊曲，但實際上不論體制、風格
均承襲仿自魏、吳之鼓吹曲，基本上可為三者是一脈相承，只是所述
的戰事、所歌頌的對象不同而已。

　　另外，值得一提的是，傅玄所作的晉鼓吹二十二曲俱有流傳下
來。而且所改的曲名達二十曲之多，留用漢〈鐃歌〉二十二曲之曲名
者僅有〈玄雲〉和〈釣竿〉二曲。

　　概括而言，晉鼓吹二十二曲所述的就是一系列西晉的開國史，自
晉宣帝輔魏齊王芳並簒位始，至晉武帝止，共計約三十年的歷史。主
要的題材除了同於魏、吳鼓吹曲的詠戰事、頌帝王之外，又有田獵、
祥應之歌。〔註5〕所以就現今可見的仿漢〈鐃歌〉二十二曲的內容而
言，晉鼓吹二十二曲較吳、魏鼓吹更近於漢。

　　以下取《樂府詩集》中所載的的晉鼓吹之〈征遼東〉為例：
　　　古〈艾而張行〉。《古今樂錄》曰：「〈征遼東〉，言宣皇帝臨
　　　大海之表，討滅公孫淵而梟其首也。」

　　　征遼東，敵失據。咸靈邁日域，公孫既授首，群雄破膽，
　　　咸震怖。朔北響應，海表景附。武功赫赫，德雲布。

這是歌頌晉宣帝親自領兵渡海，征滅遼東的公孫淵，並取其首級而

〔註5〕　田獵之歌如〈仲春振旅〉：《樂府詩集》曰：「古〈聖人出行〉。《古
　　　今樂錄》曰：『〈仲春振旅〉，言大晉中文武之教，畋獵以時也。』」
　　　祥應之詩如〈伯益〉：《樂府詩集》曰：「古〈黃雀行〉。《古今樂錄》
　　　曰：『〈伯益〉，言赤烏銜書，有周以興，今聖皇受命，神雀來也。』」

還。藉此讚揚宣帝武功之顯赫，震驚海內（朔北）外（海表）。另外，在曲名方面，依然是以摘辭句命題的方式。

四、南朝宋的〈鼓吹鐃歌〉曲

南朝宋的仿漢〈鼓吹鐃歌〉曲組，並不屬於官方所作。《樂府詩集‧鼓吹曲辭一》也只言「宋、齊」並用漢曲。至於該書所收錄的宋鼓吹曲只有兩組，一組三篇，作者不明；另一組疑爲何承天所私造，共十五篇。

（一）〈宋鼓吹鐃歌〉三首：

《樂府詩集》曰：

> 《宋書‧樂志》曰：「鼓吹鐃歌四篇，今唯有〈上邪〉等三
> 篇，其一篇闕焉。」《古今樂錄》曰：「〈上邪曲〉四解，〈晚
> 芝曲〉九解，漢曲有〈遠期〉，疑是也。〈艾如張〉三解，
> 沈約云：『樂人以音聲相傳，訓詁不可復解。凡古樂錄，皆
> 大字是辭，細字是聲，聲辭合寫，故致然爾。』」

雖然，《樂府詩集》有云宋齊並用漢曲，但《宋書‧樂志》及《古今樂錄》對此三曲的內容與作者均一概不知，所以在資料缺乏的情況下，筆者祇能做出一些推測性的假設、判斷。

這三曲的內容是「不可復解」，所以根本不足以提供任何有益於我們對背景能深入了解的訊息。以下取〈艾如張曲〉爲例：

> 幾令吾呼厤舍居執來隨呲武子邪令烏銜針相風其右其右
> （一解）
> 幾令吾呼群議破葫執來隨吾呲武子邪令烏今烏今朧入海相
> 風及後（一解）
> 幾令吾呼無公赫吾執來隨吾呲吾子邪令烏無公赫吾婿立諸
> 布始布（一解）

這樣的文辭組合，我們是難以明瞭辭義的，甚至於連斷句都無法進行，所以在至今可見的資料並不見有人爲這三首作出深入的探討，也因此才會說「聲辭合寫」，而難以卒讀。

　　既然在距劉宋未遠的沈約已無法明白這三首劉宋〈鼓吹鐃歌〉的背景、內容，千餘年後的今日則更難考證。所以，先將這三首作者、內容不可考的「鐃歌」依《宋書・樂志》所言，姑且置於劉宋時期，並有別於何承天的「鼓吹鐃歌十五篇」。另外，《樂府詩集・鼓吹曲辭一》有云：「宋、齊並用漢曲」。而沈約又認為這三曲是有被之於歌，有樂人「以音聲相傳」，所以應該是用之於朝廷，則這三首有可能是當時宋、齊所並用的漢曲〈鐃歌〉。

（二）何承天私造〈宋鼓吹鐃歌〉十五首：

　　在南朝宋，流傳下來整組且出自一人所作的〈鼓吹鐃歌〉有十五首，但是在創作背景和內容方面都與魏、吳、晉等朝代的官方別作有所不同。《樂府詩集・鼓吹曲辭四》云：

> 《宋書・樂志》曰：「鼓吹鐃歌十五篇，何承天義熙末私造：一曰〈朱路〉，二曰〈思悲公〉，三曰〈雍離〉，四曰〈戰城南〉，五曰〈巫山高〉，六曰〈上陵者〉，七曰〈將進酒〉，八曰〈君馬〉，九曰〈芳樹〉，十曰〈有所思〉，十一曰〈雉子遊原澤〉，十二曰〈上邪〉，十三曰〈臨高臺〉，十四曰〈遠期〉，十五〈石流〉。」按此諸曲皆承天私作，疑未嘗被於歌也。雖有漢曲舊名，大抵別增新意，故其義與古辭考之多不合云。

何承天所作的十五首，曲名皆仿漢〈鐃歌〉二十二曲，雖略有更易，而無大異。沈約與郭茂倩之所以持私造的看法，因為他們認為何承天所作「別增新意」，故「義與古辭」不合。

　　但是筆者以為，若非沈、宋二家對「古辭」的內容句解有特定之看法，即是對「古辭」的認定另有對象。因為，考諸現存的漢〈鐃歌〉十八曲中的古辭辭義，共有宴樂祝賀、揚國君之德、歌戰士之勇，以及個人詠懷、個人傷國家之亡等，這些類別反而少見於魏、吳、晉等鼓吹曲中，但多似於何承天所作的十五曲。承天的十五曲中，揚國君之德者有〈思悲公〉；言戰士之勇者有〈朱路〉、〈戰城南〉等；個人

詠懷的有〈有所思〉、〈雉子遊原澤〉等；宴樂祝賀者有〈遠期〉。另有閨怨之類，如〈芳樹〉，可見在內容方面不但相容於漢鐃歌，甚至於比漢〈鐃歌〉十八曲更爲廣泛。因此，如果就「合古辭」這一條件而言，何承天的宋鐃歌十五曲是比更魏、吳、宋等奉令所作的鼓吹鐃歌更近於漢代古辭。

因此，郭茂倩認爲何承天「別增新意」，所別的對象就是魏、吳、晉的鼓吹辭義了。則郭氏所謂的「古辭」指的是爲魏、吳、晉之鼓吹曲辭了。然而，這樣的認定必然對沈約所奠定的「古辭」傳統產生矛盾。《宋書·樂志》曰：

> 凡樂章古辭，今之存者，並漢世街陌謠謳，〈江南可采蓮〉、〈鳥生十五〉、〈白頭吟〉之屬是也。

換言之，所謂的街陌謠謳，也就是漢代的民歌，即爲「古辭」。因此，由古辭的定義、並比較漢鐃歌十八曲與魏、吳、晉、宋的鼓吹鐃歌之內容，在在顯示沈約與郭茂倩對何承天所作十五曲鼓吹鐃歌的批評是失之偏頗。

至於宋鼓吹鐃歌十五首是否出自於何承天私作，則極有可能。因爲在魏晉六朝的〈鼓吹鐃歌〉，只要是奉帝王之命而作者，皆有依該國的開國大事之順序而作歌以頌之。獨何承天的十五曲不然，而且何承天的宋〈鼓吹鐃歌〉十五曲中的詞句數、各句字數，相較於魏、吳等相同鼓吹曲，多有不同。〔註 6〕所以無論是在形式上、或是內容上，何承天的宋〈鼓吹鐃歌〉十五曲都大異於奉詔所作的魏、吳、晉之鼓吹曲。因此，何承天的宋〈鼓吹鐃歌〉十五曲是爲私作無疑。

〔註 6〕如承襲於漢鐃歌的〈朱鷺〉爲例：魏〈初之平〉、吳〈炎精缺〉、晉〈靈之祥〉均爲三十句，每句三字，而宋〈朱路〉爲二十句，每句五字：又漢鐃歌〈思悲翁〉：魏〈戰滎陽〉、吳〈漢之季〉、晉〈宣受命〉均爲二十句，三字句有十八，四字句有二，而宋〈思悲公〉爲二十八句，三字句有二十一，四字句有七。可見在形式上，何承天的宋鼓吹鐃歌十五曲是大異於魏、吳、晉的鼓吹鐃歌。

五、梁〈鼓吹曲〉十二曲

沈約所作。《隋書·樂志》曰：

> 梁高祖制鼓吹新歌十二曲：一曰〈木紀謝〉，二曰〈賢首山〉，
> 三曰〈桐柏山〉，四曰〈道亡〉，五曰〈忱威〉，六曰〈漢東
> 流〉，七曰〈鶴樓峻〉，八曰〈昏主恣淫愿〉，九曰〈石首局〉，
> 十曰〈齊運集〉，十一曰〈於穆〉，十二曰〈惟大梁〉。

梁鼓吹曲十二首是由梁高祖制度歌曲，沈約填詞而成。因此，在形式
上自然有別於漢〈鐃歌〉以及魏、吳、晉〈鼓吹曲〉。不過，在創作
的目的和歌辭內容型態，是依循魏、吳、晉〈鼓吹曲〉而來。以下以
第十二曲〈惟大梁〉爲例：

> 《隋書·樂志》曰：「漢第十二曲〈上邪〉，改爲〈惟大梁〉，
> 言梁德廣運，仁化洽也。」

> 惟大梁開運，受籙膺圖。君八極，冠帶被五都。四海並和
> 會，排開疑塞無異塗。

題目依然是採摘辭句命題的方式，目的是頌國運、歌仁化，作爲最後
一曲，具有總結的意味。如果再將這十二首梁鼓吹曲的各曲創作主旨
逐一分析，很明顯地可以看出：除了曲調之外，梁鼓吹曲是完全繼承
了魏、吳、晉的創作風格。

首先，〈木紀謝〉以「齊謝梁升」建國爲始，接著再回頭依序論
述梁武帝的重要征伐功績，最後廢東昏侯，「武帝膺籙受禪，德盛化
遠」。〔註7〕整組鼓吹曲中，雖仍有歌功頌德的文辭字句，但已不若魏、
吳等〈鼓吹曲〉般重視，而是將大部分的文字用於闡述一些建國的重
要事件，有些類似梁朝的開國史。

以上，是漢以後仿漢〈鐃歌〉二十二曲的整組創作狀況，其他如
張華的〈晉凱歌〉二曲、謝朓的〈齊隋王鼓吹曲〉十曲、佚名的隋〈凱
歌〉三曲、佚名的唐〈凱歌〉四曲、岑參的唐〈凱歌〉六曲、柳宗元
的〈唐鼓吹鐃歌〉十二曲等組鼓吹曲，因無法證實它們在創作方面有

〔註7〕見《隋書·樂志》。

任何繼承模仿自漢〈鐃歌〉二十二曲，故略而不論。

最後，以表格呈現這一時期的整組仿作現象：

漢二十二曲	魏十二曲	吳十二曲	晉二十二曲	宋十五曲	三曲	梁十二曲
朱鷺	楚（初）之平〔註8〕	炎精缺	靈之祥	朱路		木紀謝
思悲翁	戰滎陽	漢之季	宣受命	思悲公		賢首山
艾如張	獲呂布	攄武師	征遼東		艾如張	桐柏山
上之回	克官渡	伐烏林	宣輔政			道亡
擁離	舊邦	秋風	時運多難	雍離		忱威
戰城南	定武功	克皖城	景龍飛	戰城南		漢東流
巫山高	屠柳城	關背德	平玉衡	巫山高		鶴樓峻
上陵	平荊南	通荊門	文皇統百揆	上陵者		昏主恣淫愆
將進酒	平關中	章洪德	因時運	將進酒		石首局
有所思	應帝期	從曆數	惟庸蜀	有所思		期運集
芳樹	邕熙	承天命	天序	芳樹		於穆
上邪	太和	玄化	大晉承運期	上邪	上邪	惟大梁
君馬黃			金靈運	君馬		
雉子班			於穆我皇	雉子遊原澤		
聖人出			仲春振旅			
臨高臺	臨高臺		夏苗田	臨高臺		
遠如期			仲秋獮田	遠期	晚芝	
石留			順天道	石流		
務成			唐堯			
玄雲			玄雲			
黃爵			伯益			
釣竿	釣竿		釣竿			

〔註8〕 根據史載，終魏之世，並無平楚地之事。又繆襲所改之十二曲大略
均以戰事的推移順序爲作，本曲爲第一曲，故以「初」始，《宋書》
亦稱本曲爲〈初之平〉。

第二節 私家仿漢〈鐃歌〉之題名而散篇創作

曹魏以後，文人私家以漢〈鼓吹鐃歌〉之提名仿作的散篇甚多，以下採圖表羅列的方式呈現：

漢	魏	齊	梁	陳	隋	唐
朱鷺			王僧孺 1（五言） 裴憲伯 1（五言）	陳後主 1（五言） 張正見 1（五言） 蘇子欽 1（五言）		張籍 1（七言）
思悲翁						
艾如張			蘇子欽 1（五言）			李賀 1（雜言，以三言爲主）
上之回			簡文帝 1（五言）	張正見 1（五言）	蕭愨 1（五言） 陳子良 1（五言）	盧照鄰 1（五言） 李白 1（五言） 李賀 1（雜言，以三言爲主）
擁離						
戰城南			吳均 1（五言）	張正見 1（五言）		盧照鄰 1（五言） 李白 1（雜言） 劉駕 1（五言） 僧貫休 2（皆五言）
巫山高		虞義 1（五言） 王融 1（五言）	梁元帝 1（五言） 范雲 1（五言）	陳後主 1（五言） 蕭詮 1（五言）		鄭世翼 1（五言） 沈佺期 2（皆五言）

		劉繪1（五言）	費昶1（五言）王泰1（五言）			盧照鄰1（五言）張循之1（五言）劉方平1（五言）皇甫冉1（五言）李端1（五言）于濆1（五言）孟郊2（一首七言，一首五言）李賀1（雜言，以三言爲主）僧齊己1（雜言，以三、七言爲主）
上陵						
將進酒			蕭統1（五言）			李白1（雜言）元稹1（雜言，以三、七言爲主）李賀1（雜言，以三、七言爲主）
有所思	裴讓之1（五言）	劉繪1（五言）王融1（五言）謝朓1（五言）	梁武帝1（五言）簡文帝1（五言）蕭統1（五言）（五言）王筠1（五言）	陳後主3（皆五言）顧野王1（五言）張正見1（五言）陸系1（五言）	盧思道1（五言）	沈佺期1（五言）李白1（雜言）孟郊1（七言）盧仝1（雜言）

			庾肩吾 1（五言） 王僧孺 1（五言） 吳均 1（五言） 沈約 1（五言） 費昶 1（五言）			韋應物 1（五言） 劉氏雲 1（雜言，以五、七言爲主）
芳樹		謝朓 1（五言） 王融 1（五言）	梁武帝 1（五言） 梁元帝 1（五言） 費昶 1（五言） 沈約 1（五言） 丘遲 1（五言）	李爽 1（五言） 顧野王 1（五言） 張正見 1（五言）		沈佺期 1（五言） 盧照鄰 1（五言） 徐彥伯 1（雜言，以五、七言爲主） 韋應物 1（五言） 元稹 1（五言） 羅隱 1（雜言）
上邪						
君馬黃				蔡知君 1（五言） 張正見 2（皆五言）		李白 1（雜言）
雉子班			吳均 1（五言）	陳後主 1（五言） 張正見 1（五言） 毛處約 1（五言） 江聰 1（五言）		李白 1（雜言）
聖人出						

臨高臺	曹丕 1（雜言）	謝朓1（五言）王融1（五言）	簡文帝 1（五言）沈約1（五言）	陳後主 1（五言）張正見 1（五言）	蕭愨 1（五言）	褚亮1（五言）王勃1（雜言，以五、七言爲主）僧貫休 1（五言）
遠如期			張率1（五言）（〈遠期〉）庾成師 1（五言）			
石留						
務成						
玄雲			張率1（五言）			
黃爵						莊南傑 1（七言）（〈黃雀行〉）
釣竿	曹丕 1（五言）		沈約1（五言）戴暠1（五言）劉孝綽 1（五言）（〈釣竿篇〉）	張正見 1（五言）（〈釣竿篇〉）	李巨仁 1（五言）	沈佺期 1（五言）

※於作者之下，另有括弧註明者，爲其標題略有差異。如：張率 1（五言）（〈遠期〉），其中註明其所座標題爲〈遠期〉，略異於〈遠如期〉。

　　以上所輯錄的個人仿漢鐃歌二十二曲之題名所作的散篇，計有：曹魏二首。南朝齊十首。南朝梁三十二首。南朝陳二十七首。隋朝五首。唐朝四十五首。共計一百二十一首。此爲史書與《樂府詩集》中有輯錄的。由這些個人散作的仿漢鐃歌中，我們可以整理出鐃歌形式與內容的演化軌跡，並由這些仿作者的詮釋之中，找尋原本漢〈鐃歌〉

十八曲的大致內容意義。

（一）在形式上方面

曹魏至唐代的仿漢〈鐃歌曲〉大致為五言形式，且為隔句押韻，基本上可以說就是五言古詩，並且句數大多為八句和十二句，與當時朝廷所作的〈鼓吹曲〉所呈現的雜言為主的形式大異其趣。可能在形式方面受到當時流行五言詩的影響所致。尤其是在南朝齊至隋代之間，完全是五言句式，因此，南朝到隋朝之間的文人〈鐃歌〉作品，所仿的可能只有題目，曲目應該不完全承襲官方的旋律。較為特別的是魏文帝的〈臨高臺〉，字句參差，有三言、四言、五言、七言、亦有九言者。這種雜言的句式可能是自創或仿作：如為仿作，是否仿繆襲所作，實在因為現今已經無法取得繆襲所改作的〈臨高臺〉，故無法得證。但可確定在音樂形式方面，必然是大別於南朝以後。

到了唐代，文人在仿漢〈鐃歌曲〉的形式方面已經不再受到五言詩的拘限，有三七雜言、五七雜言，以及純雜言等，較少完全五言者。這一時期，已經完全與漢鐃〈歌樂〉譜脫離。但是筆者以為此時雖不用古曲，但絕大多數應該仍然入樂，因為句式是長短句，應該是配合樂譜所致。另外，就文學的傳播功能而言，長短句式適於唱頌；整齊句式使要適合吟詠即可。

（二）在內容上方面

大多用摘辭句命題的方式，但不盡用於起始句；也有不用摘句命題，但內容與題名有關，題名的功能大多是作為「興」的功用，作者藉題而起，雖有述及題目的意義，但大多仍用以抒發作者自身的感受。如〈臨高臺〉，所有作者均用登高遠望起興，接著就各抒己懷：有閨怨、有思念故人者、遊子思鄉者。

（三）作者的身分方面

全部為文人作品，所以少了漢〈鐃歌〉中部分民間作品的樸拙、直接。多了文人風格，所以在整齊句式的使用上，就更為工整、細膩；

在長短句方面，更顯得緊湊、綿密。

　　以上三方面的說明，可以概略了解曹魏至唐代中期以前文人仿漢鐃歌的創作特色。而這些特色，在中唐之前的詩人作品中均有所呈現，所以漢〈鐃歌〉的仿作可謂集大成於唐代新樂府運動之前。

　　另外，研究分析這些仿漢鐃歌的作品又有一項更積極的意義，就是透過這些作品尋求〈鐃歌〉十八曲的古辭原義。如果仔細研讀這些文人仿作的漢鐃歌內容，我們可以發現：在同一曲名的不同仿作之中，往往可以見到一些重覆出現的景物或人物，甚至於是典故。如不同作者所作的〈上之回〉屢提「單于」、以及車行道路的一些字句，透過這些線索，將有助於我們還原漢鐃歌中的〈上之回〉古辭。因為，魏晉六朝相對於清代或今日，﹝註9﹞更近於西漢，也許有些漢鐃歌古辭的說法尚有流傳，因此仿作者才會層層相襲而用之。

　　本節將曹魏到中唐的鐃歌仿作現象分為官方與非官方兩條脈絡說明：主要差異在為：仿作背景、作者身分、音樂、題名、內容主旨等。以下以圖表說明作結：

	仿作背景	句法形式	作者身分	採用音樂	詩歌題名	內容主旨
官方	帝王下詔：採用系統性整體創作。	大約三言與雜言各半。	宮廷樂官。	漢代鐃歌古曲。	仿漢古鐃歌題名，但有些因實際需要而更變，惟為變更者仍可得知其承襲的古鐃歌為何。	多頌揚各朝開國之歷程與帝王之功績。
非官方	個人感發：採用散篇創作。	以五言為主，間或偶有雜言與七言。	帝王或文士。	自作新曲或採用官方古曲。	承襲漢古鐃歌之題名。	以借題起興，自抒感懷為主。

﹝註9﹞　文中之所以強調漢魏六朝的作品，是因為隋唐的仿漢鐃歌曲不論在形式或內容方面，都有其獨創性，所以必然和古鐃歌的內容有相當大的差距。因此，不適合用以作為回溯古鐃歌辭義的資料。

第六章　結　語

一、本文之具體成果

　　漢〈鼓吹鐃歌〉雖僅有十八曲，但不論是組成的過程、敘述內容的表現、施用的範圍等方面，都蘊含相當豐富的文學藝術與社會研究之素材。從其組成的過程，可以考察胡樂鼓吹在中國的廣大影響；考究其內容，則可領略當時民歌在樸實的辭句之中含藏豐厚情感、朝廷樂章的浪漫思想與雄放的氣度；分析其施用的範圍，即可明白其題材繁複多樣的原因。

　　本文僅以漢〈鼓吹鐃歌〉十八曲為研究中心，討論其縱向時間因素的承續與發展，以及橫向空間因素的文體、社會之交互影響。以此為主要的架構之中，針對幾個學界長期關心卻難以解決的問題，提出論證說明，共可歸結為以下幾項具體成果：

（一）提出漢〈鼓吹鐃歌〉十八曲的形成脈絡

　　漢代的〈鐃歌〉，可獨稱為〈短簫鐃歌〉，是屬於軍樂系統的樂章，也是朝廷的貴族樂章之一。又因為演奏的樂器雜有胡樂，所以又可稱為〈鼓吹鐃歌〉，並與黃門鼓吹、〈騎吹〉、〈橫吹〉等朝廷音樂合稱「鼓吹曲」。之後曹魏蒐集西漢的「鼓吹曲」二十二曲，並加以仿作，之

後吳、晉、宋、齊、梁、北齊等續有仿製，以「述功德受命以相代，大抵多言戰陣之事」。〔註1〕原本對漢曲以及仿製作品均稱爲「鼓吹曲」，直到沈約《宋書‧樂志》始將漢〈鼓吹曲〉十八曲稱爲「漢鼓吹鐃歌」，此爲十八曲稱爲〈鐃歌〉之始。

（二）突破「軍樂」的研究框架

蔡邕提出漢樂四品中的「短簫鐃歌」，並非在後世被漠視，而是併入「鼓吹曲」之中，所以蔡邕所謂的「短簫鐃歌」之說，造成了沈約的錯誤聯繫，而以〈鐃歌〉之名涵蓋十八曲漢〈鼓吹曲〉。因此，漢〈鼓吹鐃歌〉十八曲中存有「黃門鼓吹」、「騎吹」、「短簫鐃歌」等樂章，不獨〈鐃歌〉一類。尤其「黃門鼓吹」所演奏的樂曲，多是採自民間的〈相和歌〉，經過長時間的「雅化」，以及執掌的音樂官署的變遷，使得漢〈鼓吹鐃歌〉的地位不斷提昇，終於在曹魏時代，將之視爲漢代的朝廷樂章。

（三）還原漢〈鼓吹鐃歌〉十八曲的原貌

南朝以後學者多爲〈鐃歌〉的軍樂特質所限，在預設前提的情形下，對於許多顯然是民間樂章的作品，不是持疑的態度，就是強加曲解、附和。這些問題在釐清漢〈鼓吹鐃歌〉十八曲的組成緣由之後，都可以理解並重新詮釋，還原此十八曲的原貌。考察漢代〈鼓吹曲〉的來源，將漢〈鼓吹鐃歌〉十八曲還原成「軍中音樂」、「宮廷音樂」、「民間音樂」三種，並重新句解分析。

（四）析解後世仿作的〈鼓吹曲〉之特色

曹魏以後，〈鼓吹曲〉的仿作方式呈現兩種型態：一種是朝廷所作，以有系統的論述程序，將整個帝國的開創過程擇要逐一紀錄，其中不免有廟堂文學的歌功頌德之特性，句式方面也較爲多樣；另外爲文人有個別仿製漢〈鼓吹鐃歌〉的作品，其形式與內容與漢曲大異。

〔註1〕 郭茂倩語，見《樂府詩集‧鼓吹曲辭一》。

形式方面，以五言爲主流，其形式與五言古詩幾乎不分；內容方面，多爲個人詠懷作品，並無一致之體系，且與原古辭並未有密切的承續關係，惟常見藉題起興的作品，如作〈巫山高〉者，多有描詠「巫山」、「暮雨」、「朝雲」、「神女」、「高唐」等意象。受到宋玉〈神女賦〉與〈高唐賦〉的影響遠大於古辭〈巫山高〉。

二、未來的開展方向

漢〈鼓吹鐃歌〉十八曲的產生，是中國目前所見最早融合異族音樂的作品。雖然目前已經無法還原其音樂原貌，但因爲樂曲與詞風必然有密切的關係，所以今日所見的〈鼓吹鐃歌〉與先秦的詩歌不論在形式上、或是語法風格均有相當大的差異。「差異」所造成的影響是具有突破性的功能，因爲這些新的樂器、曲風，使中國人的音樂、詩歌思維模式產生變革，間接開創詩歌的新形式、或新內容。以下，我們可以由幾個方面展開探索。這些有待探索的問題牽涉的範圍廣大，〈鼓吹曲〉並非爲單一或主要的決定因素，所以列於結語作爲未來深入探討的起點。

（一）對傳統四言詩形式的突破

漢〈鼓吹鐃歌〉十八曲的作品形成於西漢，時值中國詩歌由四言轉向五、七言的時代，先秦的《詩經》是以雙句式的四言詩爲主，漢以後的詩歌是以單式句的五、七言詩爲主。這當中最大的差距是由一句的字數改變所產生的語氣變化，鄭騫先生云：

> 句式者，一句中所應有之文句數，及此若干字之如何分配是也。……句式之大別，可分爲二，曰單與雙。五字、七字者，單式也；四字、六字者，雙式也。單式句，其聲「健捷激裊」；雙式句，其聲「平穩舒徐」。〔註2〕

可見區區一字的增加，對中國詩歌的的創作形式而言，卻是足以由「平穩舒徐」走向「健捷激裊」的強烈情感表現。方祖燊先生也認爲：五

〔註2〕 詳見鄭騫《龍淵述學》，大安出版社，1992 年 12 月初版，頁 128。

言詩雖然只比四言詩多一個字，但在詩境方面可以有更多的迴旋週轉的餘地，節奏也較爲靈活委婉，詩的風韻與作者的才思，也就比較容易展現。〔註3〕

　　漢〈鼓吹鐃歌〉十八曲主要采自民間，又深受胡樂的影響，甚至於以胡樂配曲。胡樂自由奔放的曲風自然與原本中國四言的端雅平和大爲不同，雖不適於用於郊祀音樂，但用於宴會、軍旅、道路從行卻非常受到歡迎，於是〈鼓吹〉音樂由西漢開始進入中國並與中國音樂相融，歷經東漢，傳於六朝。

　　〈鼓吹曲〉在中國的流行，使得漢人突破了四言詩的思維方式，轉向五、七言詩的創作路向，以致東漢產生了如〈古詩十九首〉般的成熟五言詩作品。所以五、七言詩的形成，樂府詩的雜言體創作確是扮演著不可或缺的催化劑，漢〈鼓吹鐃歌〉十八曲又是漢樂府中，最多、且最早以雜言的形式呈現的一組作品，〔註4〕所以必然是有其關鍵地位。

　　五、七言詩的形成，在中國文學史上的意義相當大，〈鼓吹鐃歌〉在這個轉型的關鍵中，所佔有的地位是一種突破者的角色，而非一個建立者。至於建立者，自是一個更複雜且值得深究的問題。

（二）開啟中國的豪放文風

　　蕭滌非先生說：「〈鐃歌〉聲情，悲壯激烈，實開後世豪放一派。」〔註5〕的確，在中國先秦的詩歌作品，不論是民間、或是朝廷的作品，都有「樂而不淫，哀而不傷」的溫柔敦厚之特質，語氣含蓄。此一詩

〔註3〕　關於五言詩的內容與節奏較爲突出之處的相關論述，詳見方祖燊《談詩錄》，東大圖書公司，民國78年6月初版，頁11。

〔註4〕　蕭滌非《漢魏六朝樂府文學史》云：「吾國詩歌之有雜言，當斷自漢〈鐃歌〉始。以十八曲者無一而非長短句，其格調實爲前此詩歌之所謂有也。《詩經》中雖間有其體，然以較〈鐃歌〉之變化無常，不可方物，乃知小巫之見大巫也。」北京，人民文學出版社，1998年6月出版，頁52～53。

〔註5〕　同註4，頁59。

歌內容要求，主要呈現於《詩經》之中。之後胡樂鼓吹入漢之後，音樂不再如先秦《詩經》的莊嚴平和，呈現的是「鼓砰砰」、「簫嘈嘈」的激昂熱鬧音樂。〔註6〕如此活潑的樂章，所呈現的歌詞自然會表現出激昂而熱烈的情感。此即為蕭滌非先生所強調〈鼓吹鐃歌〉的樂曲之豪放特色。

　　另外，因為漢代個人自主性的提高，對個體生命的重視，於是當個人生命與社會相矛盾時，詩人或一般平民較勇於表現自我的感受。個人已不再受傳統禮制的處處制約，這種現象與情感自然需要表現於詩歌之中。然而傳統樂章太過平和舒緩，早在戰國時期的魏文侯都已聞之欲睡，〔註7〕實不適於表達個人強烈的情緒。此時的鼓吹傳入，以其曲風配以個人情感而直接抒發，正可謂相得益彰。故蕭滌非先生認為中國的「豪放派」開始於漢〈鼓吹鐃歌〉，正可以作為豪放文風的探索起點。

（三）對「倚聲填詞」的啟發

　　本論文第五章已經分析過關於漢〈鼓吹鐃歌〉十八曲在曹魏以下的仿作情況，基本上，這樣的仿作關係，應該對「詞」的興起具有啟發的作用。

　　元稹〈樂府古題序〉首先標舉出樂府用於「由樂以定詞」的特性：

> 在音聲者，因聲以度詞，審調以節唱，句度短長之數，聲韻平上之差，莫不由之準度。……斯皆由樂以定詞，非選調以配樂也。由詩而下九名（詩、行、詠、吟、題、怨、歎、章、篇），皆屬事而作，雖題號不同，而悉謂之詩可也。後之審樂者，往往採取其詞，度為歌曲。蓋選詞以配樂，非由樂以定詞也。

元稹認為「由樂以定詞」，須配合音調、句度之長短、聲韻等各方面的要求，在一定的樂曲規範之下，填詞以合其音聲。此為「古樂府」

〔註6〕見陸機〈鼓吹賦〉：「鼓砰砰以輕投，簫嘈嘈而微吟。」
〔註7〕早在戰國，最為「好古」的魏文侯就已經「吾端冕而聽古樂則唯恐臥，聽鄭衛之音則不知倦。」見《禮記・樂記・魏文侯》。

的形成方式。考諸後代的「倚聲填詞」，亦復如此。

胡適曾根據曹植〈鼙舞詩序〉中云：「故依前曲作新聲五篇。」而認為「依前曲，作新聲」之法，即為後世的填詞，為首先將「填詞以配樂」單獨指向樂府詩者，但並未觸及漢〈鼓吹曲〉的考察。〔註8〕將漢〈鼓吹鐃歌〉的仿作現象視為填詞的先聲是蕭滌非，他認為韋昭是在繆襲之後，有意的更名填詞，因此他認為韋昭的〈鼓吹曲〉是填詞的先聲。〔註9〕筆者以為：繆襲的魏〈鼓吹曲〉就有對漢〈鼓吹鐃歌〉仿作、填詞的情形，如仿〈將進酒〉而作的〈平關中〉，二者的句法大致相同：

〈將進酒〉

　將進酒，乘太白。辨加哉，詩審博。放故歌，心所作。同陰氣，詩悉索。使禹良工，觀者苦。

〈平關中〉

　平關中，路向潼。濟濁水，立高墉。鬥韓、馬，離群凶。選驍騎，縱兩翼，虜崩潰，級萬億。

兩首詩的差異僅在於最後二句，事實上已可視為填詞仿作。但不論是始於繆襲或是韋昭，均足以說明「倚聲填詞」的形式可上溯至魏晉的〈鼓吹曲〉。

到了韋昭之後，〈鼓吹曲〉持續有仿作的情形，但這僅可視為填詞的先聲。因為針對漢〈鼓吹鐃歌〉十八曲（或二十二曲）的樂譜、題意、或是題名而仿作者大多續有更改，並不忠於原曲，可謂是仿作兼具創作，與依譜填詞並不相同，但若將之視為對「倚聲填詞」具有啟發的關鍵，應該是可信的。〔註10〕

─────────────────

〔註8〕詳見《白話文學史》，樂天出版社，民國六十三年二月再版，頁42。

〔註9〕蕭滌非〈樂府填詞與韋昭〉中認為：韋昭的十二曲〈鼓吹曲〉中，〈炎精缺〉、〈漢之季〉、〈攄武師〉、〈通荊門〉、〈從曆數〉、〈玄化〉、〈伐烏林〉、〈章洪德〉八首與繆襲的作品句式的相似性相當高，因此主張韋昭的〈鼓吹曲〉是填詞的先聲。

〔註10〕亓婷婷認為漢〈鼓吹曲〉的仿作，對詞的興起是有啟發性的，但更

　　以上是關於漢〈鼓吹鐃歌〉在文學史上的影響分析，主要著重於向外影響考察。接著，討論漢〈鼓吹鐃歌〉十八曲本身有待開展研究的部分：

　　漢〈鼓吹鐃歌〉的研究，除了文字意義的考究工作仍需持續進行之外，它的特殊歷史地位與形式風格，都是值得再深入探索的領域。本文因限於篇幅與資料，所以趨向於漢〈鼓吹鐃歌〉十八曲的文本與歷史背景的考察，在這些歷史背景之中，尚有許多的資料與議題有待進一步更深入、更全面的研究。所謂的全面、深入的研究的路向即為「考察鼓吹形式的淵源與發展」。

　　〈鼓吹曲〉傳入中國是音樂史上的大事，其影響中國的音樂也相當久遠、廣大。它雖然不是有系統的傳入中國，卻是最早被中國有系統的的接收與學習、融合的音樂。漢〈鼓吹鐃歌〉究竟是如何吸取這些外來音樂形式，並轉化為中國傳統的重要音樂，是一個需要加以深究的問題，如果能釐清〈鼓吹曲〉的流傳脈絡，不但能對胡、漢音樂的交流研究開拓更清晰的面向，更足以確立漢〈鼓吹鐃歌〉十八曲在文學史上的地位。

　　另外，漢〈鼓吹曲〉的音樂唱奏方式如果能進一步清楚的認識，也許能夠解決其中「聲、辭、豔」相雜的問題，無疑是漢〈鼓吹鐃歌〉十八曲研究的進步關鍵。

　　漢代是一個變動的時代，外來的、內發的文化相互激盪、融合，在文學上產生了多元並存的繁榮盛景。朝廷文學有縱橫宇宙、刻畫神仙、堆砌文采的漢賦吟頌於宮闕之中；也有慷慨激昂、樸拙無華的民間樂章奏於樂府之內。呈現出漢帝國活潑且包容的氣度，也開展了後世詩歌文學的的新觸角、新形式。尤其漢〈鼓吹鐃歌〉十八曲讓我們見識到當時的漢帝國的人民勇於表現自我，並以詩歌的方式直接呈現個人存在的主體性，此為先秦禮教、宗法制度之下所未見的，六朝以

直接的關鍵應該是六朝樂府中的吳歌西曲。詳見《兩漢樂府研究》，頁 349。

後的詠懷詩、唐代作新樂府的社會詩人，都是受漢〈鼓吹鐃歌〉所啓
發。漢帝國勇於接受外來音樂，造就了〈鼓吹曲〉的興盛發展，甚至
於因爲這種胡樂的活潑曲風，活化了中國人的音樂思想，突破了中國
詩人的僵化形式，終於打破了先秦詩歌的四言詩的雙式句法，使得
五、七言詩的單式句法成爲主流，影響至今。

主要參考書目

一、專　書（按年代排列）

1. 《樂府古提要解》，吳兢，津逮秘書本。

2. 《古樂府》，左克明編，四庫全書本。

3. 《選詩補注》，劉履著，元至正 25 年乙巳刻黑口清印本。

4. 《樂府廣序》，朱嘉徵著，清康熙刻本。

5. 《樂府正義》，朱乾著，清乾隆 54 年刻本，株式會社同朋舍出版，日本京都。

6. 《漢鼓吹鐃歌曲句解》，莊述祖著，珍藝宧遺書本。

7. 《漢詩統箋》陳本禮著，裛露軒藏版。

8. 《漢鼓吹鐃歌十八曲集解》，譚儀著，靈鶼閣叢書本。

9. 《漢詩音註》，李因篤著，宋聯奎輯於《關中叢書》，藝文印書館，台北。

10. 《樂府通論》，王易著，廣文書局，未註出版日期，台北。

11. 《詩歌文學纂要》，蔣祖怡，正中書局，民國 42 年 3 月台一版，台北。

12. 《漢魏六朝詩論叢》，余冠英著，棠隸出版社，1953 年 11 月四版，大陸上海。

13. 《古詩源》，沈德潛著，萬國圖書公司，民國 44 年 12 月修訂版，台北。

14. 《中國詩史》，陸侃如、馮沅君著，古文書局，1961 年 6 月再版，香港。

15. 《周禮鄭氏注》，鄭玄注，台灣商務印書館，民國 54 年 12 月台一版，台北。

16. 《歷代職官表》，永瑢等奉敕修纂，台灣商務印書館，民國 55 年 6 月台一版。

17. 《通志略》，鄭樵著，台灣商務印書館，，民國 55 年 6 月台一版。

18. 《升庵詩話》，楊慎著，台灣商務印書館，民國 55 年 6 月台一版。

19. 《漢詩研究》，方祖燊著，正中書局，民國 58 年 4 月台二版，台北。

20. 《樂府詩選》，朱建新編註，正中書局，民國 58 年 7 月台三版，台北。

21. 《樂府古辭考》，陸侃如著，台灣商務印書館，民國 59 年出版，台北。

22. 《漢短蕭鐃歌注》，夏敬觀著，廣文書局，民國 59 年 10 月初版，台北。

23. 《先秦漢魏晉南北朝詩》，逯欽立輯校，木鐸出版社。

24. 《漢代樂府詩研究》，鄭開道著，中國文化學院中國文學研究所碩士論文，民國 60 年。

25. 《詩藪》，胡應麟著，正生書局，民國 62 年 5 月出版，台北。

26. 《白話文學史》，胡適著，樂天出版社，民國 63 年 2 月再版，台北。

27. 《漢鐃歌釋文箋正》，王先謙著，藝文印書館，民國 63 年 4 月三版，台北。

28. 《史學方法論》，伯倫漢著、陳韜譯，台灣商務印書館，民國 64 年 3 月台一版，台北。

29. 《漢樂府之社會觀》，李元發著，中國文化學院中國文學研究所碩士論文，民國 65 年 6 月。

30. 《全漢三國晉南北朝詩》，丁福保編，世界書局，民國 67 年出版，台北。

31. 《樂府詩研究》，江聰平著，興國出版社，民國 67 年 3 月初版，嘉義市。

32. 《詩比興箋》陳沆著，鼎文書局印行，民國 68 年二月初版，台北。

33. 《原抄本顧亭林日知錄》，顧炎武著，文史哲出版社，民國 68 年 4 月出版，台北。

34. 《兩漢樂府詩之研究》，張清鐘著，台灣商務印書館，民國 68 年 4 月初版，台北。

35. 《樂府詩選》，汪中著，學海出版社，民國 68 年 5 月初版，台北。

36. 《漢晉學術編年》，劉汝霖著，長安出版社，民國 68 年 10 月台一版，台北。

37. 《兩漢樂府研究》，亓婷婷著，學海出版社，民國 69 年 3 月初版，台北。

38. 《樂府文學史》，羅根澤，文史哲出版社，民國 70 年 3 月三版，台北。

39. 《詩言志辨》，朱自清著，漢京文化事業有限公司，民國 72 年 1 月初版，台北。

40. 《春秋戰國秦漢音樂史料譯注》，吉聯抗譯注，源流出版社，民國 71 年 8 月初版，台北。

41. 《詩樂論》，羅倬漢著，正中書局，民國 71 年 9 月台二版，台北。

42. 《中國音樂與文學史話集》，黃炳寅著，國家書店，民國 71 年 10 月初版，台北。

43. 《歷代詩話》，何文煥編，漢京文化事業有限公司，民國 72 年 2 月初版，台北。

44. 《兩漢民間樂府及後人擬作之研究》，李鮮熙著，台灣師範大學國文研究所碩士論文，民國 72 年 4 月。

45. 《中國詩史》，吉川幸次郎著、劉向仁譯，明文書局，民國 72 年 4 月初版，台北。

46. 《中國古代樂論選輯》，文化部文學藝術研究院音樂研究所編，人民音樂出版社，1983 年 8 月第二次印刷，大陸北京。

47. 《昭明文選》，蕭統編，漢京文化事業有限公司，民國 72 年 9 月初版，台北。

48. 《樂府詩選註》，龔慕蘭輯註，廣文書局，民國 72 年 9 月二版，台北。

49. 《兩漢民間樂府研究》，田寶玉著，台灣師範大學國文研究所碩士論文，民國 72 年 12 月。

50. 《古今注》，崔豹著，大化書局，民國 72 年 12 月初版，台北。

51. 《詩經今注》，高亨著，漢京文化事業有限公司，民國 73 年 2 月初版，台北。

52. 《華陽國志》常璩撰，收錄於《叢書集成新編》，第 95 冊，新文豐書局，民國 73 年出版，台北。

53. 《漢樂府小論》，姚大業編著，百花文藝出版社，1984 年 7 月第一次印刷，大陸天津市。

54. 《中國文學史初稿》（增訂本），王忠林等著，福記文化圖書有限公司，民國 74 年 5 月修訂三版。

55. 《文學符號學》，趙毅衡著，文藝新科學建設叢書，1986 年，大陸。

56. 《比興物色與情景交融》，蔡英俊著，大安出版社，民國 75 年 5 月初版，台北。

57. 《中國詩歌發展講話》，王瑤著，中國青年出版社，1986 年 6 月第五次印刷，大陸北京。

58. 《論中國詩》，小川環樹著，譚汝謙等編譯，中文大學出版社，1986 年，香港。

59. 《漢魏六朝樂府詩》，王運熙、王國安著，上海古籍出版社，1986 年 9 月第一次印刷，大陸上海。

60. 《滄浪詩話》，嚴羽撰，黃景進撰述，金楓出版社，1986 年 12 月初版，台北。

61. 《中國之美文及其歷史》，梁啓超著，台灣中華書局印行，民國 76 年 2 月台四版，台北。

62. 《中國詩歌流變史》，李日剛著，文津出版社，民國 76 年 2 月出版，台北。

63. 《詩源辨體》，許學夷著，杜維沫校點，人民文學出版社，1987 年 10 月第一版，大陸北京。

64. 《通典》，杜佑撰，台灣商務印書館，民國 76 年 12 月台一版。

65. 《歷代詩話續編》，丁福保編，木鐸出版社，民國 77 年 7 月出版，台北。

66. 《中國詩歌史——先秦兩漢部分》，張松如主編，吉林大學出版社，1988 年 7 月第一次印刷，大陸長春市。

67. 《樂府民歌賞析》，王蘭英著，內蒙古人民出版社，1988 年 8 月第一次印刷，大陸乎和浩特市。

68. 《分體詩選（附）學詩淺說》，孫克寬編，台灣學生書局，民國 78 年 5 月初版六刷，台北。

69. 《文藝社會學》，花建、于沛著，上海文藝出版社，1989 年 5 月第 1 次印刷，大陸上海。

70. 《談詩錄》，方祖燊，東大圖書公司，民國 78 年 6 月初版，台北。

71. 《文學社會學》，何金蘭著，桂冠圖書公司，1989 年 8 月第一版，台北。

72. 《樂府詩校箋》，潘重規著，學海出版社，民國 78 年 10 月二版，

台北。

73. 《漢魏樂府風箋》，黃節著，學海出版社，民國 79 年 9 月 3 版，台北。

74. 《漢唐文學的嬗變》葛曉音著，北京大學出版社，1990 年 11 月第一次印刷，大陸北京。

75. 《漢代文學思想史》，許結著，南京大學出版社，1990 年 12 月第一次印刷，大陸南京。

76. 《經典常談》，朱自清著，復文圖書出版社，民國 80 年 2 月二版，高雄市。

77. 《樂府詩選》，余貫榮（余冠英）選注，華正書局，民國 80 年 3 月初版，台北。

78. 《中國歷代文學論著精選（上）》，郭紹虞主編，華正書局，民國 80 年 3 月版，台北。

79. 《兩漢樂府古辭研究》，黃羨惠著，中國文化大學中國文學研究所碩士論文，民國 80 年 6 月。

80. 《中國文學發展史》，劉大杰著，漢京文化事業有限公司，1992 年 6 月台版一刷，台北。

81. 《兩漢文學史參考資料》，北京大學中國文學史教研室選注，里仁書局，民國 81 年 7 月，台北。

82. 《中國文學史》，葉慶炳著，台灣學生書局，民國 81 年 9 月初版三刷，台北。

83. 《龍淵述學》，鄭騫著，大安出版社，1992 年 12 月第一版第一印，台北。

84. 《兩漢詩歌研究》，趙敏俐著，文津出版社，民國 82 年五月初版，台北。

85. 《歷代詩話論作家》，常振國、降雲編，黎明文化事業公司，民國 82 年 9 月初版，台北。

86. 《中國文學理論》，劉若愚著、杜國清譯，聯經出版事業公司，民國 82 年 12 月初版第四刷，台北。

87. 《說詩晬語論歷代詩》，朱自立著，里仁書局，民國 83 年 10 月初版，台北。

88. 《樂府詩箋》，聞一多著，孫黨伯、袁謇正主編，湖北人民出版社，1994 年初版一刷，大陸武漢市。

89. 《樂府詩述論》，王運熙著，上海古籍出版社，1996 年第一版，大陸上海。

90. 《樂府詩集》，郭茂倩著，里仁書局，民國 88 年 1 月初版二刷，台北。

91. 《文心雕龍》，劉勰著，里仁書局，民國 83 年 7 月再版，台北。

92. 《中國詩歌美學史》，莊嚴、章鑄著，吉林大學出版社，1994 年 10 月第一次印刷，大陸吉林省。

93. 《漢詩研究》，鄭文著，甘肅民族出版社，1994 年 12 月第一次印刷，大陸蘭州。

94. 《中國音樂美學史》，蔡仲德著，人民音樂出版社，1995 年 1 月第一次印刷，大陸北京。

95. 《史記》，司馬遷撰，上海古籍出版社、上海書店，1995 年 12 月初版第 11 次印刷，大陸上海。

96. 《漢書》，班固撰，上海古籍出版社、上海書店，1995 年 12 月初版第 11 次印刷，大陸上海。

97. 《後漢書》，范曄撰，上海古籍出版社、上海書店，1995 年 12 月初版第 11 次印刷，大陸上海。

98. 《三國志》，陳壽撰，上海古籍出版社、上海書店，1995 年 12 月初版第 11 次印刷，大陸上海。

99. 《宋書》，沈約撰，上海古籍出版社、上海書店，1995 年 12 月初版第 11 次印刷，大陸上海。

100. 《隋書》，魏徵撰，上海古籍出版社、上海書店，1995 年 12 月初版第 11 次印刷，大陸上海。

101. 《舊唐書》，劉昫撰，上海古籍出版社、上海書店，1995 年 12 月初版第 11 次印刷，大陸上海。

102. 《新唐書》，歐陽修、宋祁撰，上海古籍出版社、上海書店，1995 年 12 月初版第 11 次印刷，大陸上海。

103. 《漢代音樂制度與音樂思想研究》，李政林著，台灣大學中國文學研究所碩士論文，民國 84 年 6 月。

104. 《漢代詩歌史論》，趙敏俐著，吉林教育出版社，1995 年 12 月第一次印刷，大陸長春市。

105. 《中國音樂史略》（增訂本），吳釗、劉東升編著，人民音樂出版社，1996 年 2 月第二版第六次印刷。

106. 《漢代樂府與樂府歌辭》，張壽平著，廣文書局，民國 85 年 10 月再版，台北。

107. 《中國歷代詩歌大要與作品選析》，張雙英著，新文豐出版公司，民國 85 年 10 月初版，台北。

108. 《中國古代音樂史稿》，楊蔭瀏著，大鴻圖書有限公司，1997 年初版，台北。

109. 《中國古代音樂》，伍國棟著，台灣商務印書館，1997 年 12 月初版第三次印刷，台北。

110. 《寫作的零度》，羅蘭·巴特著、李幼蒸譯，桂冠圖書公司出版，1998 年 2 月初版二刷，台北。

111. 《中國藝術精神》，徐復觀著，台灣學生書局，1998 年 5 月第十二次印刷，台北。

112. 《漢魏六朝樂府文學史》，蕭滌非著，人民文學出版社，1998 年 6 月北京第一次印刷，大陸北京。

113. 《樂官文化與文學——先秦詩歌史的文化巡禮》，陳元鋒著，山東教育出版社，1999 年 6 月第一版，大陸濟南市。

114. 《漢代思潮》龔鵬程編著，南華大學出版，1999 年 8 月出版，嘉義縣。

二、期刊論文

1. 〈漢鏡歌十八曲新解〉，陳直著，刊於《人文雜誌》，1959 年 4 月。

2. 〈漢鼓吹鐃歌的兩個問題〉，朱學瓊著，刊於《思與言》第八卷·第四期，民國 59 年 11 月 15 日。

3. 〈古詩十九首與古樂府〉，王成荃著，刊於《中國詩》季刊第四期，民國 60 年 12 月。

4. 〈漢鼓吹鐃歌的聲辭分析及解說〉，朱學瓊著，刊於《中華文化復興月刊》第七卷·第四期。

5. 〈兩漢樂府研究〉，黃盛雄著，收於《台中師專學報》，省立台中師範專科學校編印，民國 63 年 7 月。

6. 〈樂府詩的特性及其源流〉，邱燮友著，刊於《幼獅月刊》第四十七卷·第六期，幼獅月刊社出版，民國 67 年 6 月。

7. 〈漢樂府詩所反映的生活藝術〉，邱燮友著，刊於《中華文化復興月刊》第十一卷·第一期，民國 69 年 1 月。

8. 〈樂府詩總論〉，張草湖著，刊於《中華文化復興月刊》第十一卷·第三期，民國 69 年 3 月。

9. 〈樂府詩的特性〉，張國相著，刊於《中國文化月刊》第八期，民國 69 年 6 月。

10. 〈漢代社會與漢詩〉，施淑著，刊於《中外文學》第十卷·第十期，民國 71 年 3 月。

11. 〈樂府詩試論〉，張春榮著，刊於《鵝湖》月刊第 81 期，民國 71 年 3 月。

12. 〈最熾熱的情歌——析漢樂府《有所思》與《上邪》〉，沈謙著，刊於《故宮文物》月刊第一卷第九期，民國 72 年 12 月。

13. 〈漢樂府詩與古詩十九首所反映的時代精神〉，楊翠著，刊於《史苑》三十八期，輔仁大學歷史學會印行，民國 73 年 1 月。

14. 〈漢代樂府詩中反映的婦女生活〉，傅錫壬著，刊於《中山學術文化集刊》第三十一期，民國 73 年 3 月。

15. 〈漢武始立樂府說研議〉，陳鴻森著，刊於《幼獅學誌》第十八卷·第一期，幼獅文化事業公司出版，民國 73 年 5 月。

16. 〈樂府詩中的歌辭成分〉，王文顏著，收於《古典文學》第六期，古典文學學會出版，民國 73 年 12 月。

17. 〈說《有所思》和《上邪》〉，余冠英著，收於《漢魏六朝詩歌鑑賞集》，人民文學出版社，1985 年 7 月第一次印刷，大陸北京。

18. 〈《上邪》淺議〉，郝世峰著，收於《漢魏六朝詩歌鑑賞集》，人民文學出版社，1985 年 7 月第一次印刷，大陸北京。

19. 〈悲歌一曲動千古——讀《戰城南》〉，降雲著，收於《漢魏六朝詩歌鑑賞集》，人民文學出版社，1985 年 7 月第一次印刷，大陸北京。

20. 〈漢代樂府詩的社會功能〉，亓婷婷著，刊於《國文學報》第十八期，國立台灣師範大學國文系印行，民國 78 年 6 月。

21. 〈漢代詩歌——樂府與民歌〉，王建生著，刊於《中國文化月刊》第 122 期，民國 78 年 12 月。

22. 〈漢代樂府之研究〉，陳萬鼐著，刊於《藝術評論》第三期，國立藝術學院出版，1991 年 10 月。

23. 〈試論漢詩、唐詩、宋詩的美感特質〉，柯慶明著，收於《文學與美學》論文集第三集，文史哲出版社，民國 81 年 10 月初版，台北。

24. 〈從漢與六朝樂府詩試探當時的社會型態〉，林吳三英著，刊於《國文天地》第九卷·第九期，民國 83 年 2 月。

25. 〈由悲劇主題看兩漢樂府〉，黃盛雄著，收於《中國詩學會議論文集》第二輯，彰化師大國文系，民國 83 年 5 月出版，彰化。

26. 〈論古詩十九首與漢代樂府詩的關係〉，陳玉倩著，收於《輔大中研所學刊》第五期，輔仁大學中國文學研究所出版，民國 84 年 9 月。

27. 〈略論兩漢樂府民歌中所體現的人性精神〉，胡曉明著，刊於《鵝湖》月刊第二十一卷第九期，民國 85 年 3 月。

28. 〈漢代樂府詩與古詩十九首之關係析論〉，林彩淑著，收於《中國文化大學學報》第四期，中國文化大學中國文學系暨中國文學研究所出版，民國 87 年。

29. 〈相和歌與清商曲〉，王運熙著，刊於《中國文學研究》1998 年第二期，湖南師範大學中國文學研究編輯部出版，1998 年 4 月，大陸湖南省。

30. 〈漢魏樂府詩中數字美學之探究〉，楊國娟著，刊於《靜宜人文學報》第十期，靜宜大學文學院出版，民國 87 年 7 月。